열대의 낙원

김완준
소설집

열대의 낙원

모악

어릴 때부터 여행을 좋아했다. 기억에 남아 있는 첫 여행은 상여를 따라 공동묘지까지 간 것이다. 휘황찬란한 만장挽章 행렬에 홀려 정신없이 쫓아가다 묘지에 이르렀던 것이다. 나중에 부모님께 여쭤보니 내가 두 살 되던 해의 일이란다. 걸음마를 갓 뗄 무렵부터 내게는 가출 혹은 떠돌이 기질이 있었던 모양이다.

아버지는 전근을 자주 다녔다. 덕분에 나도 충청도 서울 경상도 경기도를 전전하는 바람에 친구를 오래 사귀지 못했다. 중학생 시절부터 삼중당문고가 벗이었다. 중 3때는 신춘문예에 소설을 투고하기도 했다. 고등학교에 입학해서는 문예반에 들어갔다. 시 쓰는 선배들만 있어서 감히 소설 얘기는 꺼내지도 못하다가 결국 고 2때부터 나도 시를 쓰기 시작했다.

1986년, 신춘문예에 시가 당선되었다. 하지만 내 꿈은 여전히 소설가가 되는 것이었다. 한참이나 지나서 겨우 그 꿈을 이루었다.

소설을 쓰기 시작한지 40여 년, 소설가가 된지 20여 년 만에 첫 단편집을 묶는다. 연식이 오래된 작품도 있어서 부끄럽지만, 묵은 것을 밀어내야 새로운 것을 시작할 수 있으므로 염치를 무릅쓴다.

내게 소설 쓰기는 살아있음을 확인하는 방식이다. 잘 쓰려고 애쓰기보다 내가 행복해지기 위해서 쓸 뿐이다. 내가 행복해야 내 소설을 읽는 사람들도 행복할 테니까. 부족한 작품에 과분한 평을 해준 김탁환, 김병용 두 소설가에게 깊이 감사드린다. 지금도 지구별 어디에선가 자신만의 길을 찾아 헤매고 있을 여행자들에게 뜨거운 박수를 보낸다.

2020년 가을
김완준

| 차례 |

열
대
의

낙
원

공항으로 가는 길은 붐볐다. 신림사거리에서 리무진 버스를 타고 남부순환도로를 지나 올림픽대로로 접어들자 도로 위는 자동차로 가득했다. 이 차들이 모두 공항으로 가고 있는 건 아니겠지만, 그렇게 믿고 싶었다. 세상에 단 하나뿐이었던 혈육의 주검을 확인하러 가는 길에 동행이 없다는 건 쓸쓸한 일이다.

'며칠째 똑바로 누워서 잠을 자지 못하고 있다.'

몇 년 전, 형이 필리핀의 엘 니도라는 섬에서 보내온 엽서는 그렇게 시작했다.

'어제 낮에 낚시를 갔다가 햇빛에 등을 태워먹었다. 30분이 될까 말까한 시간이었는데 밤에 제대로 잠을 이루지 못할 정도로 등이 따갑다. 살인이라도 저지르고 싶을 정도로 강렬한 햇빛이다. 이 놈의 햇빛과 모기만 없다면, 이곳은 파라다이스다. 미칠 것 같은 열대의 낙원!'

짧은 내용이었지만 들떠 있는 기분을 고스란히 읽어낼 수 있었다. 이제야 형은 마음의 정처를 찾은 것일까. 무엇이 '미칠 것 같은'이라는, 그답지 않은 표현을 쓸 정도로 형을 매혹시킨 것일까.

그것이 형에게서 온 마지막 연락이었다. 그리고 어제, 3년 만에 다시 형의 소식을 들었다.

"송민수 씨 되십니까?"

자정이 다 된 시각에 핸드폰을 통해서 들려온 목소리는 30대 중반은 됐음직한 남자였다.

"예, 전데요."

"여기 태국입니다."

산간오지에 있는지 전화는 수신 상태가 좋지 않았다. 고함을 지르다시피 하는 사내의 목소리는 지하 세계에서 들려오는 것처럼 아득했다.

"송민하 씨 아시죠?"

"제가 동생입니다. 무슨 일이죠?"

"송민하 씨가 어제 사망했습니다."

순간 머릿속이 하얗게 말라버린 기분이었다. 회칼로 한쪽 폐를

12

도려내는 것처럼 가슴이 쓰라렸지만 어금니를 깨물며 참았다.

"어, 어떻게요?"

"말라리아 때문입니다."

말라리아, 그 단어가 사람을 사망에 이르게 하는 병명이 아니라 이탈리아 가극의 아리아 제목처럼 들렸다.

"뒷수습을 하려면 가족 중 누가 이곳으로 오셔야 할 것 같습니다."

사내는 사무적으로 빠르게 말을 이어갔다. 뭐라고 대답해야 좋을지 판단이 서지 않았다. 한밤중에 느닷없이 전화를 걸어와 형제의 죽음을 통보하는 낯선 사내의 말을 어디까지 믿어야 할까.

나는 되도록 빨리 결정해서 연락을 드리겠다고 한 다음 사내가 불러주는 전화번호를 받아 적었다. 전화를 끊고 담배를 꺼냈다. 육신에서 이탈한 영혼처럼 뿌연 불빛이 유리창 밖 전봇대에 매달린 가로등에서 흘러나오고 있었다.

"짜식, 직장도 그만 두고 이사까지 해버리면 어떡해? 찾느라고 애먹었잖아."

다니던 무역회사에 사표를 내고 자취방을 정리해서 고시원으로 옮긴지 1주일쯤 되었을 무렵, 형이 불쑥 찾아왔다.

"별일 없어?"

"나야 항상 똑같지, 뭐."

형은 소리 없는 웃음을 지어보이더니 저녁이나 먹자면서 비좁은 고시원 방을 반이나 차지한 책상 앞에 앉아 있는 나의 팔을 잡아끌었다.

"나 내일 태국 간다."

상추에 싼 삼겹살을 입 안 가득 욱여넣으며 형이 말했다.

"태국엔 왜?"

"매달 보름달이 뜰 때마다 꼬 팡안이라는 섬에서 파티가 벌어진대. 별비가 쏟아지는 열대의 바닷가에서 좀비처럼 흐느적거리는 군상들이 벌이는 풀문 파티. 어때, 멋지지 않냐?"

형은 그런 사람이었다. 나로서는 전혀 이해할 수 없는 이유로 자신의 행로를 결정해버리는 사람이었다. 고등학교를 졸업할 무렵, 형은 아무런 말도 없이 사라진 적이 있었다. 몇 달 만에 나타난 형은 조그만 수첩 하나를 내보였다.

"너 이게 뭔 줄 알아?"

그 수첩의 겉장에는 '선원수첩'이라는 글자가 인쇄되어 있었다.

"배를 타려면 꼭 필요한 신분증 같은 거야."

형은 당첨이 확정된 복권을 바라보듯 행복에 겨운 눈길을 그 수첩에서 떼지 못했다.

"외항선을 탈 거야. 외항선을 타고 전 세계의 항구란 항구는 죄다 방문해서 그곳에서 가장 유명한 술집 벽에다 내 이름을 새겨놓을 거야. 내 꿈이 뭔지 알아? 세상의 모든 항구에 있는 술집을 섭렵한 사람으로 기네스북에 기록되는 거다."

나는 형의 말을 농담으로 여겼다. 그처럼 황당한 일을 인생의 목표로 삼는 사람이 어디 있는가. 그러나 얼마 뒤 형은 진짜로 외항 선을 탔다. 그리고 2년 뒤, 지독한 성병을 앓는 몸이 되어 내 자취 방을 찾아왔다.

"재수 없게 병에만 안 걸렸어도 기록을 세우는 건데."

꽤 오랫동안 비뇨기과 치료를 받으면서도 형은 이루지 못한 꿈 에 대한 아쉬움에 사로잡혀 있었다. 마침내 완쾌되자 형은 다시 훌 쩍 떠났다.

"직장은 왜 그만 뒀냐?"

웬만큼 배를 채웠는지 형은 이쑤시개로 이빨을 쑤시며 물었다.

"좀 쉬고 싶어서."

나는 아무렇게나 대답했다. 형에게 내 계획을 낱낱이 밝히고 싶 지 않았다.

"넣어 둬라."

계산을 하고 식당 밖으로 나온 형이 수표 몇 장을 내밀었다.

"나도 돈 많아. 퇴직금 받은 것도 있고."

형은 억지로 내 주머니에 수표를 쑤셔 넣었다.

"받아 둬, 갚으란 소리 안 할 테니까. 네가 왜 이런 곳으로 이사 왔는지 나도 알아. 네가 목표로 삼은 일이 하루 이틀 만에 이루어 지지 않는다는 것도 알고. 5년이 걸릴지 10년이 걸릴지 모르는데 돈이라도 넉넉해야지."

형은 악수를 청하더니 '수고해라' 한 마디를 던지고는 사라졌다.

그게 형과의 마지막 만남이었다.

두 대의 담배를 연이어 피운 나는 핸드폰을 꺼내 조금 전에 받아 적은 열네 자리 숫자를 천천히 눌렀다.

"죄송하지만 형의 유골을 한국으로 보내주시면 안되겠습니까?"

전화를 받은 상대가 아까 통화했던 사내라는 걸 확인한 나는 최대한 공손한 목소리로 그렇게 부탁했다. 생면부지의 사람이 뜬금없이 알려온 형의 죽음에 대한 진위 여부가 미심쩍었다. 형의 죽음이 사실이라고 해도 문제는 있었다. 사법고시 2차 시험이 한 달도 남지 않은 것이다. 이번에도 떨어지면 다시 1차부터 응시해야 한다. 이런 상황인데 낯선 사내의 전화만 믿고 외국까지 갈 수는 없지 않은가.

잠시 침묵이 흐르더니 사내가 말했다.

"가족이 직접 유골을 수습하는 게 고인에 대한 마지막 도리가 아닐까요. 게다가 송민하 씨가 이곳에서 했던 사업도 정리해야 하고……."

"사업이라뇨?"

"조그만 게스트 하우스를 운영했거든요."

잠시 머리를 굴려 보았다. 조그만 게스트 하우스라지만 처분하면 약간의 돈이 생길지도 모른다. 그걸 순순히 알려주는 걸 보면 사내가 사기꾼은 아닌 것 같다. 그렇지만 문제는 역시 코앞에 닥친 시험이었다.

"그곳으로 가려면 어떻게 해야 하죠?"

무작정 전화기만 붙들고 있을 수는 없었다. 일단 통화를 마무리한 뒤에 생각해보는 게 좋을 것 같았다.

"여권은 있으십니까?"

"네."

무역회사 다닐 때 만들어놓고 아직 한 번도 써보지 못한 게 있었다.

"그럼 먼저 방콕 행 항공권을 알아보세요. 태국은 비자가 없어도 되니까 비행기 좌석만 있으면 내일이라도 올 수 있습니다."

방콕이 종착지가 아니었다. 방콕에서 다시 치앙마이라는 곳으로 가야 했다. 그곳까지 오면 공항으로 마중을 나오겠다고 했다. 나는 항공권을 구입하면 도착시간을 알려주기로 하고 사내와의 통화를 마쳤다.

형의 시신이 안치된 곳으로 가는 방법을 알아내긴 했지만 정말 그곳으로 갈 것인지는 쉽게 결정할 수 없었다. 지난 5년 동안 벼르던 내 인생 최대의 승부가 한 달밖에 남지 않았다. 그러나 형은 지구상에 존재하는, 아니 존재했던 유일한 혈육이 아니던가. 그제야 내가 이 세상에 외톨이로 남겨졌다는 사실이 떠올랐다. 그것은 비에 흠뻑 젖은 외투를 입은 채 화려한 연회장으로 들어갈 때처럼 엿같은 기분이었다.

이런저런 생각 때문에 쉽게 잠이 오지 않아서 담배만 계속 피워

댔다. 담배 한 대를 태울 때마다 생각이 바뀌었다. 재떨이에 꽁초가 수북하게 쌓이고 출근하는 사람들로 거리가 북적거릴 즈음에야 겨우 결정을 내릴 수 있었다.

먼저 목욕탕에 가서 정성스레 때를 민 다음 아침으로 설렁탕을 먹고 고시원으로 돌아와 여행사에 전화를 걸어 오늘 방콕으로 가는 비행기 좌석을 알아봤다. 밤 9시에 출발하는 타이항공 비즈니스 클래스가 딱 한 자리 남아 있었다. 이코노미 클래스보다 두 배나 비쌌지만 선택의 여지가 없었다. 하루라도 빨리 돌아와서 다시 공부에 몰두하려면.

방콕 도착이 자정 무렵인지라 방콕 호텔 1박과 치앙마이 행 국내선 항공료까지 포함한 금액을 신용카드로 결제했다. 돌아오는 건 사흘 뒤였다. 방콕에서 1박을 하고 치앙마이로 가서 형의 주검을 수습한 뒤 게스트 하우스 문제를 처리하고 그 다음날 밤 비행기로 귀국하는 일정이었다. 잠시 머리를 식히기 위해 여행을 떠난다고 생각하자. 형이 남긴 유산에 대해 관심이 없는 것은 아니었지만, 어쨌거나 시신을 수습할 사람은 나밖에 없지 않은가.

어릴 때부터 형은 또래 아이들과 시비가 붙으면 겁에 질린 강아지처럼 먼저 꼬리를 내리고 자리를 피했다. 그러면 상대 아이는 형을 비웃으며 쌍욕을 퍼부어댔다.

그런 형의 모습을 견딜 수가 없었다. 한 번은 내가 형을 대신해서 상대 아이와 엉겨 붙다가 된통 얻어터진 일이 있었다. 동생이 일방적으로 얻어맞는 걸 지켜보면서도 형은 아무런 반응을 보이지 않았다. 상대 아이가 제풀에 지쳐서 사라진 뒤에야 형은 넘어져 있는 나를 묵묵히 일으켜 세우곤 고아원을 향해 손목을 잡아끌었다.

남에게 얻어터지는 동생을 물끄러미 바라보기만 하는 형이 나를 때린 녀석보다 더 미웠다. 형과 나는 핏덩어리일 때 버려졌다. 부모에게조차 버림받은 처지인데 서로가 서로를 지켜주지 않는다면 어떻게 살아간단 말인가. 나는 형의 손을 뿌리치며 그의 얼굴에다 침을 뱉었다.

"비겁한 새끼!"

모욕을 당했음에도 불구하고 형은 별다른 반응을 보이지 않은 채 다시 내 손을 잡아끌었다. 나는 더욱 세차게 형의 손을 뿌리쳤다. 어색한 침묵이 형과 나 사이로 고여 들었다.

"승자가 있으면 패자가 있기 마련이야. 내가 승자가 되기 위해서 남을 패자로 만들 수는 없잖아."

한참 만에 형은 그렇게 중얼거렸다. 나는 형의 말을 이해할 수가 없었다. 승자만이 환영받는 세상이고 다들 승자가 되기 위해 날뛰고 있는데 무슨 개소리야. 패자가 되는 게 두려운 나머지 현실에서 도피해버린 겁쟁이의 유치한 변명일 뿐이지. 매일 도서관에 틀어박혀서 고리타분한 책이나 뒤적거리더니 머리가 이상해진 게 분명했다.

그런 형을 비웃으며 나는 이를 악 물었다. 언젠가는 나를 쓰러뜨렸던 놈들을 모두 내 발아래 굴복시키고 말겠다고.

기내식을 먹고 영화 두 편을 감상하자 비행기는 방콕 수완나품 공항에 도착했다. 자정을 5분 넘긴 시각이었다. 두 시간의 시차가 있으므로 한국은 오전 2시 5분일 것이다.

입국심사대를 거쳐 공항 대합실로 나와 주위를 둘러보았다. 한국 여행사 직원이 알려준 대로 내 이름을 영문으로 쓴 A4용지 크기의 종이를 든 여자가 한쪽에 서 있었다. 나는 그 여자에게로 다가갔다.

"Are you Mr. Song?"

여자의 질문에 가볍게 고개를 끄덕였다. 그녀는 종이를 접더니 나를 밖으로 안내했다. 호텔까지 나를 태워다줄 차는 볼보였다. 주차장에서 담배를 피우고 있다가 여자로부터 나를 인계받은 운전사는 꽁초를 바닥에 던져버리고 운전석에 올라 시동을 걸었다. 공항을 빠져나와 고가도로로 진입한 볼보는 저 멀리 야광나비 떼처럼 불을 밝히고 있는 고층 빌딩 숲을 향해 돌진하기 시작했다. 30여 분을 달려간 볼보는 어두침침한 골목 안쪽에 위치한 커다란 빌딩 앞에 멈추었다.

내가 다섯 시간 동안 머물 객실은 32층이었다. 오전 8시발 치앙마이 행 비행기를 타려면 오전 6시에는 호텔을 나서야 할 것이다. 객실은 꽤 낡아 있었다. 벽지는 색이 바랬고 조악한 그림의 액자가 그 위에 걸려 있었다. 에어컨은 온도 조절이 안 되고 TV는 리모컨도 없는 14인치였고 욕조의 수도꼭지에서는 한동안 녹물이 나왔다.

녹물이 다 빠지기를 기다렸다가 욕조 배수구를 막고 온수를 틀어놓은 다음 창문을 가리고 있는 커튼을 열어젖혔다. 하늘의 별들이 모두 내려와 있는 것처럼 휘황찬란한 방콕의 야경이 눈 아래 펼쳐졌다. TV 장식장 아래 소형 냉장고에는 생수, 탄산음료, 캔 맥주 따위가 가지런히 진열되어 있었다. 코끼리 그림이 그려진 맥주를 집어 들고 침대 모서리에 앉아 핸드폰 버튼을 눌렀다.

"어머, 자기!"

클럽에라도 갔는지 시끄러운 음악소리 사이로 현주의 목소리가 겨우 들렸다.

"잘 도착했어."

"그래? 난 친구들이랑 카페야."

웃기고 있네, 새벽 3시에 카페라고? 그녀의 위악이 가증스러웠지만 모르는 척하기로 했다. 나는 아직 고시를 완전히 패스한 몸이 아니다. 최종 합격자 명단에 포함되기 전까지는 그녀와의 관계를 잘 유지해야 한다.

"2차도 합격하면 열쇠가 세 개야."

1차 시험 합격자 발표가 있던 날, 현주는 모텔 침대 위에서 내 성기를 움켜쥐고 말했다.

"아파트, 자동차, 그리고 이걸 가둘 정조대!"

현주는 고시원 친구들과 1차 시험을 마치고 간 클럽에서 부킹이란 걸 통해 알게 된 여자였다. 처음 웨이터 손에 이끌려 왔을 때는 심드렁한 표정이었는데 우리 일행 중 누군가 사법고시 어쩌고 하면서 떠들어댄 다음부터 갑자기 태도가 적극적으로 변했다. 그날 밤 그녀와 난 모텔에서 한 덩어리가 되었다. 그 후로 가끔씩 만나면 그녀는 장어구이나 등심 같은 걸 사주고는 모텔 방으로 이동해서 내 정액을 남김없이 짜내곤 했다. 그러다 내가 1차 시험에 합격하자 본격적으로 애인 노릇을 시작했다.

물론 나는 그녀와 결혼할 생각은 추호도 없다. 당분간 그녀가 제공하는 신용카드와 보양식과 정기적으로 성욕을 해소할 상대가 필요할 뿐이다.

"저녁은 먹었어?"

"대충."

"끼니 거르지 말고 잘 챙겨 먹어."

"알았어."

"거기 여자들에게 한 눈 팔면, 알지?"

아마 그녀는 세상에서 가장 재미난 오락이 섹스라고 생각하는 부류일 것이다. 다른 사람들도 어떻게 하면 이 오락을 자주 새로운 상대와 즐길 수 있는지를 궁리하는 게 최대의 낙이라고 믿는 게 분명했다.

핸드폰을 끄고 욕실로 갔다. 욕조의 물은 알맞게 뜨거웠다. 몸을 담그자 전신을 휘감고 있던 긴장의 사슬이 일시에 풀어지면서 기분이 나른해졌다.

치앙마이 비행장은 초등학교 운동장만큼이나 작았다. 창문으로 내다보니 주변에 펼쳐진 논으로 추락하듯 비행기가 착륙하고 있었다. 짐을 찾아 대합실로 나오자 어떤 남자가 내 이름을 한글로 쓴 종이를 들고 있었다. 전화를 건 사내인줄 알고 '안녕하세요'라고 했더니 알아듣지 못했다. 심부름을 나온 태국인이었다. 남자는 공항 주차장에 세워둔 픽업트럭으로 나를 안내했다.

주차장을 벗어나 들길을 잠시 달리는가 싶더니 이내 현대식 건물들이 늘어선 거리가 나타났다. 트럭은 교차로를 몇 개 지나서 'arirang restaurant 아리랑 식당'이라고 적힌 간판이 걸려 있는 2층 건물 앞에 멈추었다. 남자를 따라 식당 안으로 들어가자 입구 근처의 테이블에 앉아서 장부를 들여다보고 있던 사내가 천천히 일어섰다. 170센티미터쯤 되는 키에 다부진 체격이었다.

"송민수 씨?"

남자는 손을 내밀며 악수를 청했다.

"전화 드렸던 박입니다."

마주 잡은 박의 손은 억셌다.

"충격이 크시죠? 뭐라고 위로의 말씀을 드려야 할지 모르겠군요."

나는 가볍게 목례를 하는 것으로 대답을 대신했다. 목례를 마치고 고개를 들자 내 얼굴을 빤히 쳐다보고 있는 박과 시선이 마주쳤다.

"쌍둥이라고 하더니 정말 많이 닮았군요. 잠깐만 기다려 주시죠. 며칠 가게를 비웠더니 장부 정리가 밀려서요."

어쩌면 형의 죽음 때문에 가게를 비워야 했는지도 모른다. 나는 박이 앉아 있던 테이블과 대각선으로 떨어진 테이블에 앉았다. 박이 식당 안쪽을 향해 태국어로 뭐라고 하자 한 여인이 투명한 액체가 담긴 유리잔을 들고 와서 내 앞에 놓았다. 차가운 물이었다. 단숨에 들이켰다.

20여 분쯤 지나자 박은 장부를 덮고 일어나 내게로 다가왔다.

"가시지요."

식당을 나서며 흘깃 쳐다본 손목시계는 오전 10시를 막 지나고 있었다. 박은 아까 나를 공항에서 태우고 온 픽업트럭의 운전석에 올랐다.

"민하 씨가 살던 곳은 빠이 라는 마을입니다. 여기서 거리는 얼마 안 되는데 길이 험해서 차로 세 시간 정도 걸립니다. 점심은 거기 도착해서 드시죠."

나는 '그러시죠'라고 대답하며 조수석에 탔다. 트럭이 움직이기 시작했다.

"이곳에 있는 한국인들은 본명을 잘 밝히지 않습니다. 태를 묻은 땅을 떠난 사람들에게는 말 못할 사연이 하나씩 있기 마련이죠. 때문에 선뜻 본명을 말하지도 않고 묻지도 않는 게 이곳의 불문율입니다. 미스터 박, 또는 아리랑 사장님, 이런 식으로 부르죠. 그런데 송 사장, 아니 민하 씨는 처음부터 자신의 본명을 스스럼없이 밝히더군요. 그래서 약간 독특한 사람이라고 생각했죠. 우습죠? 한국에서는 본명으로 통성명을 하는 게 자연스러운데 여기서는 그게 특이한 일이니까요."

시내를 빠져나와 들판 사이로 곧게 뻗은 길을 달려가던 트럭은 구불구불한 산길로 접어들었다. 한쪽은 산기슭이고 다른 한쪽은 낭떠러지인 산길은 차 두 대가 겨우 비껴갈 정도로 좁아서 조금 전까지 시속 100km를 넘나들던 트럭의 속력은 시속 30km로 떨어졌다.

"민하 씨와 나는 손님과 주인으로 만났어요. 우리 식당 단골이었거든요."

"형이 이곳에 오래 머물렀던 모양이죠?"

나의 물음에 박은 어리둥절하다는 표정을 지었다.

"어제 박 사장님에게 형의 소식을 들은 게 3년 만입니다. 그 동안 형이 어디서 무얼 하고 지냈는지 통 연락을 받지 못했어요."

"그럼 민하 씨가 결혼한 것도 모르겠네요?"

"결혼도 했나요?"

"정식으로 혼인신고를 한 건 아니지만 세 살짜리 딸까지 있습니다."

연락이 두절된 동안 형에게 많은 일이 있었던 모양이다. 타국에서 결혼을 하고 자식까지 낳고 게스트 하우스를 운영하며 살다가 생을 마쳤으니. 무엇이 형을 그렇게 이끌었을까.

"민하 씨를 처음 만난 건 5년 전이에요. 제가 치앙마이에 식당을 막 차렸을 무렵이죠."

5년 전이면 내가 고시원 생활을 시작하던 즈음이다. 그때 형은 내 앞에 마지막으로 나타나 태국의 어느 섬에서 열리는 무슨 파티 이야기를 했다.

"그때 민하 씨는 치앙마이에 머물면서 부근의 마을과 트래킹 코스를 섭렵하던 중이었죠. 일주일에 서너 번은 밥을 먹으러 왔어요. 식당을 연 지 얼마 되지 않던 때라 손님도 별로 없고 나이도 비슷해서 저녁마다 둘이 술판을 벌였죠. 그러다 한동안 연락이 끊어졌는데 2년 전에 다시 치앙마이에 나타났지요. 부인과 딸을 데리고."

맞은편에서 커다란 트럭이 나타나자 박은 차를 길가에 바짝 붙여서 트럭이 지나가도록 길을 내주었다.

"이곳에서는 큰 차가 왕입니다."

박은 다시 기어를 넣고 액셀러레이터를 밟으며 말을 이어갔다.

"3년 만에 나타난 민하 씨는 정착을 해야겠으니 도와달라고 하

26

더군요. 가진 돈도 많지 않은데다 도시보다는 한적한 시골을 원해서 마침 배낭여행자들 사이에 소문이 나기 시작하던 빠이에 게스트 하우스를 차리게 되었죠."

오르막길 앞에서 기어를 저단으로 바꾸느라 박은 잠시 말을 멈췄다. 트럭은 맹수의 울음처럼 거친 엔진 소리를 토해내며 고개를 오르기 시작했다.

"처음 1년 동안은 무척 힘들었어요. 옆집 밥그릇 숫자까지 알 정도로 작은 시골마을에 난데없이 외국인이 나타났으니 얼마나 텃세가 심했겠어요. 한밤에 담 너머로 돌덩어리가 날아오는 건 예사고 집에 불도 났었죠. 다행히 일찍 발견해서 큰 피해는 없었지만. 부인이 태국인이어서 겨우 자리를 잡았지, 안 그랬으면 일주일도 못 견디고 쫓겨나야 했을 겁니다. 그 고생 끝에 이제 겨우 살만하다 싶었는데……."

박의 말소리가 점점 희미하게 들렸다. 연 이틀 밤을 제대로 자지 못한 데다 차창으로 쏟아져 들어오는 햇살이 수면제 역할을 해서 두 눈이 자꾸 감겨왔다.

얼마나 잤을까. 주변이 환해지는 느낌에 정신을 차리고 보니 차는 산길을 벗어나 들판 한가운데를 달리고 있었다. 사방에는 녹음이 우거진 산들이 호위병처럼 둘러서 있고 수채화 물감으로 그린 것 같은 하늘에는 흰 구름이 한가롭게 떠 있었다. 그 아래 나무로 지은 집들이 드문드문 보였다.

"다 왔습니다. 여기가 빠이입니다."

트럭이 멈춘 곳은 푸른색 철 대문 앞이었다. 대문 오른편 기둥에 'palm guest house'라고 적힌 나무 간판이 걸려 있었다. 대문 안으로 들어서자 푸른 잔디가 깔린 마당이 나왔다. 마당 오른쪽에는 방갈로가 다섯 채 있고 마당 왼쪽에는 방갈로보다 약간 큰 본채 건물이 하나 있었다.

박이 본채로 다가가서 문을 두드리자 서너 살쯤 되어 보이는 여자아이가 나왔다. 박을 쳐다보고 반가운 미소를 짓던 아이는 나를 발견하고는 뭐라고 소리를 지르며 달려왔다. 엉거주춤하게 서 있는 내 바지춤에 매달린 아이는 알아듣지 못할 말을 중얼거리기 시작했다.

내가 아이를 달래기 위해 안아 올리는 순간, 본채에서 한 여자가 나왔다. 이제 갓 스물을 넘겼을까. 아직 소녀티를 채 벗지 못한 여자는 나를 쳐다보더니 표정이 얼어붙었다. 4B연필로 그린 것처럼 가녀린 얼굴선을 지닌 여자였다. 처음 보는 얼굴이었지만 왠지 낯설지가 않았다. 오래 전부터 나를 기다리고 있었던, 이렇게 만나기로 되어 있는 운명처럼 느껴지는 얼굴이었다.

잠시 넋을 잃고 서 있던 여자는 천천히 다가와서 내 품에 안겨 있는 아이를 향해 팔을 내밀었다. 아이는 내 품에서 떨어지지 않으

려고 했지만 여자가 낮고 단호한 목소리로 뭐라고 하자 금세 온순
해졌다. 아이를 안아 든 채 가볍게 목례를 하고 한쪽으로 비켜선
여자의 긴 속눈썹이 가늘게 떨리고 있었다.

"민하 씨 부인하고 딸입니다. 민수 씨에게는 형수하고 조카인 셈
이지요."

본채 안으로 나를 안내하며 박이 말했다. 나는 형수에게 목례를
하곤 박의 뒤를 따랐다. 그릇 몇 개가 놓인 나무 찬장과 가스레인
지와 수도꼭지가 있는 부엌을 지나자 작은 방이 한 칸 있었다. 방
입구 맞은편 벽 쪽으로 작은 상이 놓여 있고 그 상 위에는 야자수
를 배경으로 치아를 다 드러낸 채 웃고 있는 형의 사진과 향로가
있었다. 상 옆에는 작은 옷장과 텔레비전이 있고 천장에서는 실링
팬이 돌아가고 있었다.

신을 벗고 방으로 들어가 형의 사진 앞에 무릎을 꿇었다. 향을
한 가닥 피워 향로에 꽂은 다음 절을 두 번 하고 다시 무릎을 꿇
었다. 가슴 밑바닥에 엉겨 붙어 있던 뜨거운 기운이 목구멍으로
솟구쳐 올라왔다. 타국 땅 오지마을에서 형의 죽음을 마주하게 될
줄이야. 열대의 태양처럼 아직 쨍쨍한 나이인데 이렇게 허무하게
가다니.

"병사한 시체는 가급적 빨리 화장을 하는 게 이곳 관습입니다.
날씨 때문에 금세 부패하기도 하고 전염병을 염려해서……."

"잘하셨습니다."

박이 편지봉투를 하나 내밀었다.

"민하 씨는 부인에게 자신의 가족에 대한 이야기를 한 적이 없대요. 임종 직전에야 민수 씨 존재를 알리면서 이걸 전해주라고 했답니다."

박이 방에서 나가자 나는 다리를 풀고 앉아 봉투를 열었다. 낯익은 필체가 휘갈겨져 있는 종이 몇 장과 함께 형의 여권이 들어 있었다. 무심코 여권을 펼치던 나는 씁쓰레한 미소를 지을 수밖에 없었다. 내 여권의 사진과 똑같은 사진이 형의 여권에 붙어 있었다. 내 자취방 서랍에서 몰래 가져갔던 모양이다. 나는 여권을 내려놓고 형이 쓴 편지를 읽기 시작했다.

'네가 이 편지를 읽고 있을 때면 내 몸은 재가 되어 있겠지. 그게 이곳 풍습이니까. 이제야 삶의 문고리를 제대로 움켜잡았다고 생각했는데, 그 문고리를 잡아당기고 문 안으로 들어가기만 하면 되는데…… 하지만 미련은 없다. 미련을 가진다고 운명이 바뀌는 것도 아니니까.

네 형수, 쏨은 만났지? 아직 어린 사람이지만, 내 아이를 낳아준 사람이다. 꼬 팡안 기억하니? 풀문 파티가 열리는 섬. 그곳에서 쏨을 처음 만났지. 5년 전이구나. 신림동 고시촌에서 너와 저녁을 먹은 다음날 태국 행 비행기를 탔지. 그리고 곧장 꼬 팡안으로 갔어. 내가 도착한 날은 풀문 파티가 열리기 하루 전이었어. 그날 저녁,

해변을 거닐다 왜 꼬 팡안에서 풀문 파티가 열릴 수밖에 없는지 알게 되었지. 풀문 파티가 열리는 핫린 해변에 달이 뜨면 얼마나 크고 밝은지 몰라. 마치 세상을 향해 주술을 걸고 있는 어둠의 정령 같지. 보름달이 뜰 때면 해변을 대낮처럼 밝히는 황홀한 광휘는 감동적이야. 이런 달 아래 미치지 않고 견딜 사람이 있을까.

그날 달빛에 취해 해변을 쏘다니다 불춤을 추는 사람을 보았어. 어린아이처럼 조그만 몸집의 사람이 양쪽 끝에 횃불을 매단 봉을 자유자재로 휘두르고 있더군. 불의 혼을 가진 불새처럼 그 사람은 봉과 하나였지. 가까이 가보니 놀랍게도 그 춤의 주인공은 소녀였어.

소녀는 밤새도록 불춤을 추었어. 자신의 영혼마저 태워버릴 듯 쉬지 않고 불춤을 추는 그녀의 모습은 달의 요정 같았어. 그 밤 내내 그녀에게서 잠시도 눈을 뗄 수가 없었지. 이윽고 수평선에서 해가 떠오르자 그녀는 탈진했는지 해변에 쓰러지고 말더군. 나는 조심스레 다가가서 모래밭에 누워 있는 그녀를 바라보았어. 땀과 모래로 뒤범벅이 되어 있는 그녀의 얼굴은 더없이 평화스럽더군.

내가 가지고 있던 생수통을 내밀자 그녀는 단숨에 들이키더니 몸을 추켜세우고 비척비척 걸어갔어. 그렇게 사라져 가는 그녀의 모습을 가만히 지켜보고만 있었지. 감히 달의 요정에게 말을 걸 용기가 없었거든.

다음날 이른 저녁부터 핫린 해변은 수많은 배들로 북적였어. 풀문 파티를 즐기려고 다른 섬에서 오는 사람들을 태운 배들이 속속 몰려들었지. 휘황하게 불을 밝힌 해변을 향해 수십 척의 배가 컴컴한 밤바다를 가르며 몰려드는 광경은 장관이더군.

해변의 노천 바를 순례하던 나는 어느 한적한 바 구석 자리에 앉아 있는 그녀를 발견했어. 간밤에 신들린 것처럼 불춤을 추던 모습과는 달리 그녀는 작고 평범한 소녀에 불과했어. 내가 다가가서 눈인사를 건네자 그녀도 눈인사로 답을 하더군.

그날 나는 그녀와 함께 온 해변을 쏘다니며 밤새도록 술을 마시고 춤을 추었어. 동이 터올 무렵에는 모래밭에 무릎을 맞대고 앉아서 입맞춤도 나누었지. 풀문 파티에 도취되어 밤을 지새운 자라면, 그리하여 숙취와 졸음으로 머릿속이 안개에 가려진 상태에서 수평선 위로 떠오르는 아침 해를 맞이하는 자라면, 제 아무리 고상한 성자라도 곁에 있는 사람과 키스하고 싶은 충동을 억누를 수 없을 거야.

그녀는 꼬 팡안에서 태어나 꼬 팡안에서 자란 토박이였어. 고기잡이를 하던 부모는 몇 년 전 풍랑을 만나 실종되었고 그녀는 레스토랑에서 서빙을 하며 살아왔대. 부모가 실종된 뒤부터 그녀는 불춤을 추기 시작했대. 그녀에게 불춤은 부모의 극락왕생을 위한 진혼무이자 자신에게 닥친 비극을 떨쳐버리는 의식이었던 거야.

그날부터 나는 꼬 팡안에 눌러앉았어. 순전히 그녀 때문이었지. 낮에는 해변에서 빈둥거리고 저녁에는 바를 순례하는 날들이 이어졌지. 그녀와 함께 하는 동안에는 해가 어느 쪽에서 떴다가 어느

쪽으로 지고 바다가 시시각각 무슨 색깔의 옷으로 갈아입는지 도통 관심이 없었어. 오직 그녀와 함께 밥을 먹고 그녀와 함께 이를 닦고 그녀와 함께 잠자리에 드는 게 중요했으니까.

그렇게 여섯 달쯤 지나자 몸이 쑤셔오기 시작하더군. 한 곳에 오래 머무르지 못하고 이리저리 떠돌아야 직성이 풀리는 내 성미 알지? 원죄처럼 덧씌워져 있는 방랑벽을 참을 수가 없었어. 그녀의 눈물을 보는 게 가슴 아팠지만 다시 돌아오겠다는 약속을 남기고 꼬 팡안을 떠났지.

정말 세상은 넓고 갈 곳은 많은 거 같아. 꼬 팡안을 떠난 내 앞에는 새로운 여행지가 한없이 펼쳐졌으니까. 태국 북부의 치앙마이, 치앙라이, 치앙콩을 거쳐 라오스, 캄보디아, 미얀마, 베트남, 말레이시아, 싱가폴, 인도네시아, 필리핀…… 동남아 구석구석 내 발길이 닿지 않는 곳이 없었지.

그러다 다시 태국에 돌아온 건 3년 만이었어. 방콕에서 인도를 거쳐 네팔로 가려다 비자 발급 문제로 며칠 시간이 생기자 불현듯 꼬 팡안에 가보고 싶어지더군. 그녀와의 약속 따위는 까맣게 잊어버리고 있었어. 좋은 사람 만나서 잘 살고 있을 거라고 생각했지. 마침 풀문 파티가 열릴 무렵이어서 예전의 추억을 되새겨 보고 싶었던 거야.

3년 만에 다시 찾은 꼬 팡안은 별로 변한 게 없더군. 나는 3년 전처럼 해변의 바들을 순례하기 시작했어. 그런데 놀랍게도 한 해변 바에서 그녀, 쏨을 다시 만났어. 좋은 남자 만나서 가정을 꾸리고 행복하게 살고 있을 거라고 생각했던 그녀가 아직도 그곳에 있었던 거야.

그날 저녁, 그녀의 집을 방문했을 때 다시 한 번 놀라고 말았어. 그녀에게 아이가 있었어. 내 아이가. 풀문 파티가 내려준 선물! 그녀는 내가 한 약속을 굳게 믿고 꼬 팡안을 떠나지 않은 채 아이를 키우면서 나를 기다리고 있었던 거야. 유행가도 남이 부를 때는 유치하게 들리지만 내가 부를 때는 감정이 복받칠 때가 있잖아. 관객일 때는 신파극이었는데 막상 내가 주인공이 되니까 너무나 감동적이더군.

여러 날을 고심했지. 나를 믿고 나만을 기다려준 이 여자에게 내가 어떻게 보답해야 할까. 결론은 이렇게 내렸어. 죽을 때까지 그녀가 원하는 대로 살기로. 그래서 그녀의 뜻을 좇아 빠이로 오게 되었지. 그녀는 아무도 모르는 곳에서 새로운 삶을 시작하고 싶어 했거든. 땅을 파서 기둥을 세우고 벽돌을 쌓으며 게스트 하우스를 짓는 동안 진짜 행복했어. 나만을 믿고 나만을 사랑하고 나만을 따르는 사람이 둘이나 있다는 거, 그들을 위해 내가 무언가를 할 수 있다는 거, 그게 얼마나 가슴 벅차고 숭고한 일인지 너는 아니?

헌데 그걸 아는데 너무 오래 걸렸어. 남은 시간이 너무 짧아. 역시 나는 한 곳에 오래 머무르지 못하는 체질인가 봐. 이제 내가 이주하게 될 곳은 어딜까. 천국일까, 지옥일까. 아니면 또 다른 미지

의 세계일까. 그곳에서는 이 정처 없는 떠돎도 끝날 수 있을까?'

뒤로 갈수록 형의 필체는 알아보기 어려울 정도였다. 시시각각
닥쳐오는 죽음의 고통 속에서도 마지막 숨을 모아 한 자 한 자 힘
겹게 써내려갔으리라. 빛났던 지난 생의 시간들을 되짚어보는 그
순간만큼은 그래도 행복했겠지.
방안을 가득 메운 매캐한 향 연기 때문인지 두 눈이 따끔거려서
눈물이 쏟아질 것 같았다.

"언제 오는 거야?"
"밥은 잘 챙겨 먹고 있지?"
"너무너무 보고 싶어."
현주는 입에 발린 소리들을 쏟아냈다. 나도 건성으로 대답했다.
"내일 출발할 거야."
"역시 한국 음식이 최고지."
"나도."
내가 2차 시험에 합격하지 못한다면 그녀는 미련 없이 떠날지
도 모른다. 그리고 다른 고시준비생이나 이미 합격한 예비법조인
을 수소문하겠지. 어쩌면 1~2년쯤은 더 기다려줄지도 모른다. 나
의 성기가 자신의 자궁과 궁합이 잘 맞는다는 확신만 있다면.

현주와의 통화를 마치고 본채에서 나왔다. 어느새 마당에는 어둠이 짙게 깔려 있었다. 시골이어서 그런지 도시보다 밤이 일찍 찾아오는 것 같았다. 태국에서 맞는 두 번째 밤이었다. 방콕에서의 첫 밤보다 빠이의 밤이 왠지 더 포근하게 느껴졌다.

"이곳에는 모두 일곱 민족이 살고 있어요."

마당 한쪽에서 담배를 피우고 있던 박이 다가왔다.

"태국 고산족과 미얀마, 중국 등지에서 흘러온 유민들이죠. 이곳에 최초로 터를 잡기 시작한 부족은 미얀마에서 건너온 샨족인데 그들 언어로 빠이가 '이주'라는 뜻이래요. 그런 유래 때문인지 이곳에는 떠돌아다니길 좋아하는 사람들이 많이 찾아오지요."

박이 엄지와 검지로 담배꽁초를 퉁겼다. 작은 불꽃을 남기며 담배꽁초는 어둠 속으로 이주해버렸다.

"잠자리가 마련되어 있을 겁니다. 들어가서 쉬세요."

"박 사장님도 편히 쉬십시오."

박은 가볍게 목례를 하고 어둠 속으로 휘적휘적 걸어갔다. 박이 사라진 뒤에도 나는 한동안 그 자리에 서 있었다. 이틀 동안 누적된 불면의 피로가 일시에 몰려 왔다. 물 먹은 솜처럼 눅진한 의식이 한 올 한 올 어둠 속으로 흩어지고 있었다.

내 잠자리가 준비된 방갈로에서 희미한 불빛이 새어나오고 있었다. 동전만한 크기로 어둠을 도려내고 있는 그 불빛은 동굴의 입구처럼 보였다. 저 입구로 들어가면 지금까지 살아온 세상과는 전혀 다른 세계로 향하는 통로가 있을 것 같았다. 그 통로로 걸어가면 내가 한번도 경험해보지 못한 낙원이 나타날 것만 같았다.

방갈로를 향해 천천히 걸음을 옮기기 시작했다. 순간, 본채의 문이 열리면서 누군가 밖으로 나왔다. 나는 그 자리에 멈춰 섰다. 본채에서 새어나오는 불빛 사이로 잠시 떠오르다 사라진 얼굴은 쏨이었다. 그녀는 어둠과 한 몸이 되어 있는 나를 발견하지 못한 모양이었다.

본채에서 나온 쏨은 길이가 1미터쯤 되는 나무 막대기 하나를 들고 어디론가 걸어가기 시작했다. 나는 들키지 않을 만큼의 거리를 유지하며 그녀의 뒤를 따라갔다. 쏨은 마을을 빠져나와 들판 사이로 난 길을 걸어갔다. 보름이 가까운지 하늘에는 외눈박이 거인의 눈알처럼 퀭한 달이 떠 있고, 달빛을 머금은 채 누워 있는 길은 어둠의 뼈처럼 하얗고, 사방에서 이름 모를 풀벌레들이 요란하게 울어댔다.

얼마나 걸었을까. 쏨은 마을에서 제법 떨어진 개울가에 멈춰 섰다. 달빛에 비친 개울은 커다란 물고기처럼 비늘을 뽐내며 몸을 뒤척이고 있었다. 천지는 죽음 같은 정적에 잠겨 있고 졸졸졸 물 흐르는 소리만이 시간이 정지되지 않았음을 일깨워줄 뿐이었다.

쏨은 주머니에서 무언가를 꺼냈다. 성냥이었다. 그녀가 성냥불을 막대기 한쪽 끝에 갖다 대자 불송이가 치솟았다. 막대기의 다른 쪽 끝에서도 불이 타올랐다. 양 끝에서 불꽃이 이글거리고 있는 막대기를 하늘을 향해 치켜든 그녀의 입에서 휘파람 소리 같기도 하고 입술 사이에 나뭇잎을 끼워놓고 불어대는 것 같기도 한 소리가 새어나왔다. 이윽고 그녀는 천천히 막대기를 흔들며 춤을 추기 시작했다.

나는 몸을 잔뜩 숙인 채 어둠 속에서 막대기와 한 몸이 되어 불춤을 추고 있는 쏨을 향해 조심스레 다가갔다. 거리가 조금씩 가까워지자 불빛에 간간이 드러나는 그녀의 얼굴이 은으로 도금한 것처럼 반들거리고 있다는 걸 식별할 수 있었다.

그녀는 울고 있는 중이었다. 주체할 수 없는 슬픔을 견디기 위해 아랫입술을 힘껏 깨물고 있지만 두 눈에서는 하염없이 눈물이 흘러내리고 있었다. 세상에서 가장 큰 불새 한 마리가 온몸으로 흐느끼면서 진혼제를 올리고 있는 중이었다.

나는 천천히 일어나서 그녀를 향해 다가갔다. 여전히 불춤에 몰두해 있는 그녀의 머리 위로 별똥별 하나가 지나갔다.

루앙프라방 가는 길

열차가 멈추었다. 농카이 역에 도착한 모양이다. 손목시계는 오
전 9시를 막 지나고 있다. 휠람퐁 역을 떠난 지 열네 시간. 태국 북
동부 국경 메콩 강변의 작은 도시 농카이. 라오스 수도 비엔티안에
서 24km 떨어진 곳. 열차는 더 달릴 수가 없다. 방콕에서 시작된
태국 북동부선 철도가 이곳에서 끝나기 때문이다.

마주 보고 앉는 1인용 좌석 두 개를 붙여 만든 침대에서 몸을 일
으켰다. 머리 위에는 야간에만 사용하는 또 하나의 침대가 있다.
침대 커튼을 열어젖히자 객차 복도를 따라 양쪽으로 늘어선 이층
침대에서 꾸역꾸역 사람들이 빠져 나오고 있다. 창밖으로 시선을
돌렸다. 방콕에서부터 철로와 동행해온 전신주. 철로 변에 사열병
처럼 피어 있는 들꽃. 그 너머 붉은 흙으로 뒤덮인 벌판. 그 벌판의
끝을 막아선 산.

"여행을 다녀와야겠어."

야근을 마치고 온 아내와 늦은 저녁을 먹는 식탁에서 말문을 뗐다. 며칠 전부터 준비하다 어렵게 꺼낸 얘기였는데 아내의 반응은 담담했다.

"그렇게 해요."

"태국으로 갈 생각이야."

그제야 아내는 살짝 놀라는 기색이었다. 왜 하필이면 외국으로? 라고 물어올 거라고 예상했지만 아내는 이내 담담한 표정으로 되돌아갔다.

"그것도 좋겠네요. 국내야 자주 가니까."

그렇게 말하는 아내의 속마음은 어떠할까. 남편의 갑작스런 칩거, 무위도식, 중단된 성생활…… 몇 달 사이에 그런 일들이 연이어 벌어졌음에도 불구하고 아내는 한 번도 불만을 표시한 적이 없었다. 직장 일에 몰두하는 것으로 아내는 그 상황들을 비켜 가고 있었다. 의류 회사 디자인실에서 일하는 아내는 수도권 일대의 직영점과 쇼핑센터의 매장을 새로 꾸미는 일을 맡았다. 수십 개의 매장을 한 달 만에 해치워야 하는 방대한 작업이어서 지난 주 내내 아내의 귀가시간은 자정을 넘기기 일쑤였다. 밤을 꼬박 새우고 남들이 출근할 시간에 집에 들러 옷만 갈아입고 다시 출근한 적도 있었다.

아내는 침묵으로 일관하고 있지만 나는 안다. 아내의 가슴속에 얼마나 많은 고통의 비늘이 쌓여 가고 있는지. 하지만 우리가 다시 예전으로 돌아가는 건 불가능하다.

마지막 회 상영이 끝난 영화관처럼 객차 안이 조용해졌다. 침대 밑에 넣어두었던 신발을 찾아 신고 배낭을 메고 열차를 빠져나오자 동남아 특유의 후끈한 바람이 달려들었다.

"Border, Border."

오토바이를 개조한 뚝뚝 운전사들의 호객 소리, 열차에서 내린 승객들의 두리번거림, 그들을 마중 나온 사람들의 외침으로 승강장은 어수선했다.

"Are you going to the border?"

소풍이라도 가는지 작은 배낭을 멘 여자가 다가와 말을 걸었다. 어제 저녁 훨람퐁 역에서 열차가 출발하기 직전 담배를 피우기 위해 승강장으로 나왔을 때 그곳에서 먼저 담배를 피우고 있던 여자였다. 40대 초반쯤 되었을까, 갈색과 회색이 섞인 단발머리의 동양인이었다.

"국경 갈 거면 같이 타요. 요금은 반씩 내기로 하고."

짧은 영어 실력으로 짐작컨대 대충 그런 얘기를 하는 것 같았다. 나는 고개를 끄덕인 다음 비좁은 뚝뚝 뒷좌석에 그녀와 무릎을 맞대고 앉았다.

"한국 사람이세요?"

뚝뚝이 따발총 소리를 내며 달려가기 시작하자 여자가 약간 더 듬거리긴 했지만 또렷한 한국어로 물었다. 내 손에 들려 있는 한국

어판 여행 가이드북을 가리키면서.

"다이아나라고 해요."

미국에서 태어난 교포 2세라고 했다. 아직 한국 땅을 밟아본 적이 없다는 그녀의 한국어 실력은 내 영어 실력보다 나았다.

"라오스는 처음이세요?"

"예. 그쪽은?"

"저도 처음이에요."

대화가 끊어졌다. 뚝뚝이 멈춘 것이다. 국경이었다. 내 몫의 차비는 50밧인데 지갑에는 1,000밧짜리 지폐밖에 없었다. 나중에 갚기로 하고 다이아나가 내 몫까지 냈다. 이제 빚을 갚을 때까지는 어쩔 수 없이 그녀와 동행을 해야 할 참이다.

아내의 허락이 떨어진 다음날, 나는 인터넷으로 방콕 행 항공권을 예약했다. 출발은 이틀 뒤였다. 짐이 많을 이유는 없었다. 여름옷 두 벌과 헌책방에서 구입한 동남아 여행 가이드북만 배낭에 넣었다.

"잘 다녀와요."

태국으로 떠나는 날, 출근하는 아내와 함께 집을 나섰다. 버스 정류장에서 아내는 희미하게 웃었다.

"미안해."

눈자위가 뜨거워졌지만 어금니를 깨물며 참았다.

"내 걱정하지 말고 잘 쉬다 와요."

아내가 타야 할 버스가 먼저 왔다. 그녀를 신고 멀어져 가는 버스를 한참 지켜보았다. 이게 마지막인가. 이렇게 끝나는 건가.

오전 11시에 인천공항을 이륙한 타이항공은 여섯 시간 만에 방콕 공항에 착륙했다. 천사의 도시. 여행자의 메카. 온갖 형용사로 수식되는 방콕에 1년 만에 다시 온 것이다. 택시를 타고 카오산 로드로 이동해서 한국인이 운영하는 게스트 하우스에 배낭을 맡겨놓은 뒤 거리로 나섰다.

싼 물가와 여행자를 위한 다양한 편의시설 때문에 동남아를 여행하는 사람이라면 누구나 한 번씩은 거쳐 간다는 카오산 로드에는 온갖 종류의 사람으로 붐볐다. 이제 막 도착했거나 곧 어디론가 떠나려는 사람들이 무언가에 홀린 표정으로 지나다니고 있었다. 커다란 배낭을 메고 씩씩하게 걸어가는 사람, 생수통을 손에 들고 한가롭게 이곳저곳을 기웃거리는 사람, 식당에서 큰소리로 떠들며 일행과 밥을 먹는 사람, 홀로 노천 바에 앉아 맥주를 홀짝거리며 행인들을 구경하는 사람…… 한 곳에 뿌리박기를 거부하는 사람들이 그곳에 있었다. 북적거리는 카오산 로드를 한참 쏘다니다 문득 아침부터 아무것도 먹지 않았다는 걸 깨달았다.

"뭘 좀 물어 봐도 될까요?"

노점에서 30밧짜리 볶음국수를 먹고 게스트 하우스로 돌아와 주인에게 말을 걸었다. 카운터에서 숙박부를 뒤적이고 있던 주인은 나를 힐끗 쳐다보더니 "말씀해 보세요." 한마디를 하고 다시 숙박부에 눈을 박았다. 나이가 오십은 됐음직한 주인 남자는 열대어가 그려진 티셔츠 차림에 코에 하나 입술에 하나 눈썹에 두 개의 피어싱과 노랗게 물들인 꽁지머리를 하고 있었다.

"방콕 말고 갈만한 곳을 소개받았으면 해서요."

"어떤 데를 원하세요?"

"사람들이 많이 안 가는 조용한 곳 없나요?"

"태국은 어딜 가나 여행자 천진데……."

"태국이 아니라도 좋습니다."

점검이 끝났는지 주인은 숙박부를 덮으며 "그럼, 라오스로 가보세요."라고 했다.

"라오스요?"

"전 못 가봤는데 다녀온 사람들 얘기로는 아주 평화로운 곳이래요. 사람들이 때가 덜 묻어서 순박하고 정도 많대요. 너무 심심한 나라라고 불평하는 사람도 있더군요."

"라오스는 어떻게 가죠?"

"농카이로 가서 비엔티안으로 들어가세요. 방비엥, 루앙프라방, 루앙남타, 므앙씽을 여행한 다음 훼이싸이로 나오면 됩니다."

방콕에서 농카이까지는 열차나 버스를 타고 가라고 주인은 덧붙였다. 나는 고맙다는 인사를 하고 맡겨두었던 배낭을 찾아 횔람

퐁 역으로 향했다. 이 축제의 도시에 나는 어울리지 않는다. 좌석이 없으면 입석표라도 구해서 당장 방콕을 뜰 생각이었다. 그런데 운 좋게도 침대칸이 있었다. 그렇게, 방콕에 도착한 지 세 시간 만에 나는 라오스 행 기차에 몸을 실었다.

한 나라의 수도임에도 불구하고 비엔티안 거리에는 높은 건물이 드물었고 도로를 지나다니는 차도 많지 않았다. 게스트 하우스도 시설이 열악했다. 낡은 침대 시트는 구멍이 숭숭 뚫려 있고 베니어판으로 칸막이를 한 벽은 옆방에서 일어나는 모든 일을 생중계했다. 몇 곳 더 둘러봤지만 거기서 거기였다. 그중 깔끔해 보이는 게스트 하우스에 배낭을 내려놓고 공동욕실에서 샤워를 하고나자 기분이 좀 나아졌다. 옷을 갈아입고 로비의 종업원에게 가까운 은행을 물었다. 주머니에 태국 돈과 미국 달러밖에 없어서 환전부터 해야 했다.

종업원이 알려준 은행에서 100달러를 내밀자 지폐를 한 뭉치나 주었다. 100달러는 라오스 화폐로 85만낍 정도인데, 1만낍짜리와 1천낍짜리를 섞어서 주는 바람에 지폐가 100장이 넘었다.

돈 뭉치로 불룩해진 주머니를 한 채 게스트 하우스로 돌아와 다이아나가 투숙한 방을 노크했지만 응답이 없었다. 로비의 종업원에게 물어보자 조금 전에 밖으로 나갔단다. 어디로 갔는지 아느냐고 묻자 오른쪽 검지를 치켜들며 말했다.

"메콩 리버!"

가이드북의 지도를 보며 10분 정도 헤맸더니 황토빛 물결이 출렁이는 커다란 강이 나타났다. 강변에는 손수레에 주방을 꾸미고 플라스틱 탁자와 의자 몇 개를 펼쳐놓은 노천 식당이 여럿 있었다. 저녁식사를 하기는 일러서 아직 한산한 식당 한 곳에 다이아나가 맥주병을 앞에 놓은 채 담배를 피우고 있었다.

"여기 계셨군요."

옆자리에 앉으며 50밧을 낍으로 환산한 액수의 돈을 건네자 그녀는 얼굴을 살짝 찌푸렸다.

"루앙프라방까지 가신다고 했죠?"

그녀의 물음에 나는 고개를 끄덕였다.

"왜 가세요, 그곳엔?"

"그곳이…… 내가 가는 길 위에 있기 때문이죠."

"마음에 드네요 그 대답."

라오스 최초의 통일 국가 란쌍의 수도였던 곳. 도시 전체가 박물관이라고 할 정도로 유적이 넘쳐 나는 곳. 1995년 유네스코에 의해 세계문화유산으로 지정된 곳. 그것이 내가 가이드북에서 읽은 루앙프라방에 관한 정보였다. 내 여정은 그곳까지였다. 그곳에서 이 여행을 끝낼 것인지, 아니면 그 이후에도 계속할 것인지는 아직 결정하지 못했다.

"앙코르 왓에 대해 들어본 적 있으세요?"

아내와 연애할 때 함께 본 헐리우드 영화의 배경이 앙코르 왓이었던 것 같다. 여주인공으로 나온 배우가 브래드 피트의 와이프였지 아마.

"앙코르 왓은 12세기 무렵 캄보디아 밀림 속에 세워진 거대한 도시죠. 1860년에 프랑스 학자 앙리 무오가 발견해서 서방 세계에 알리기 전까지 앙코르 왓은 600년 동안 밀림에 파묻힌 채 버려져 있었대요."

그녀는 말을 멈추고 담배를 한 모금 피웠다. 어디선가 쑥 태우는 냄새가 풍겨왔다.

"앙코르 왓을 발견한 이듬해에 앙리 무오는 병사했어요. 서른다섯의 젊은 나이였지요. 그가 숨을 거둔 곳이 어딘지 아세요? 바로 루앙프라방이에요. 루앙프라방 교외에 무덤이 있대요. 그런데, 왜 앙리 무오는 루앙프라방에서 죽었을까요?"

"병들어서 죽었다면서요? 자살이 아닌 다음에야 죽는 장소를 자기 마음대로 정할 수 없는 거 아닌가요?"

"나는 앙리 무오 같은 이는 평범한 사람들과는 다르다고 생각해요. 600년 동안이나 밀림 속에 감추어져 있던 앙코르 왓이 하필이면 앙리 무오에 의해 발견되었을까요? 그걸 단지 우연이라고 할 수 있을까요? 거기엔 어떤 운명론적 이유가 있을 거예요. 자신이 위대한 발견을 한 나라를 떠나 낯선 땅에서 숨을 거두었다는 것도 이상하지 않아요? 어쩌면 그는 자신의 죽음을 예감하고 루앙프라방으로 갔는지도 모르죠."

그녀의 말은 조금씩 느려지고 있었다.

"앙리 무오 때문에 루앙프라방은 내게 죽음의 도시가 되었어요."

말을 마친 그녀는 다시 담배를 한 모금 깊게 빨아들였다. 순간 그녀의 눈동자가 희번득거렸다.

"피우실래요? 마리화나예요."

그녀가 너무나 자연스럽게 말해서 나는 농담인줄 알았다. 왠지 그녀를 실망시키면 안 될 것 같아서 오른손을 내밀었다. 그녀는 "너무 깊숙이 들이키지 말아요."라는 충고와 함께 피우던 마리화나를 건넸다. 조심스레 한 모금 들이켰다. 아무런 느낌도 없었다. 이번에는 좀 더 오래 들이켰다. 그러자 반응이 왔다. 정신은 바닥으로 가라앉는데 몸은 서서히 공중으로 떠오르고 있었다. 내 표정을 살피던 그녀가 마리화나를 도로 뺏어갔다.

"언제부터 피우기 시작했어요?"

"열여섯 살."

마리화나를 연신 깊숙하게 빨아대는 그녀의 눈은 거의 감겨 있었다.

"어떻게 피우게 됐나요?"

내 질문에 잠시 머뭇거리던 그녀는 짧은 한숨을 내쉬더니 나지막하게 말하기 시작했다.

"남자친구가 마약판매상이었죠. 그와 데이트하면서 처음 피워 봤어요. 나중엔 마약도 하다가 중독이 됐어요. 그러자 그가 돌변했어요. 돈을 내야 약을 주겠다는 거예요. 미칠 노릇이었죠. 생각은 자꾸 나는데 학생이 무슨 돈이 있겠어요. 결국, 몸을 팔기 시작했죠."

마리화나에 취해서일까. 그녀는 '몸을 팔기 시작했다'는 말을 거리낌 없이 했다.

"그렇게 해서 어긋나기 시작한 거예요 내 인생은."

이름 모를 새 한 마리가 메콩 강 위로 날고 있었다. 새의 행로를 눈으로 좇던 그녀가 다시 말을 이었다.

"고등학교를 중퇴하고 가출한 뒤 거리에서 남자들을 상대하다 체포되었는데, 인연이란 게 뭔지…… 나를 체포한 경찰관과 사귀게 되었어요. 그는 내가 약을 끊게 하려고 무척 애를 썼지요. 재활원에도 보내고 슈퍼마켓 캐셔 자리도 구해 주고 내가 금단현상에 시달리거나 새로운 환경에 적응을 못해 신경질을 부릴 때도 잘 받아주었어요. 그렇게 조금씩 예전 생활에서 벗어나고 있는데 그 남자가 다시 나타난 거예요."

그녀는 잠시 말을 멈추고 내게 물었다.

"약을 한 상태에서 섹스를 하면 얼마나 황홀한지 아세요?"

나는 고개를 저었다.

"나는 다시 나타난 마약상의 유혹에 넘어 갔어요. 약을 하고 그와 섹스를 했죠. 그 광경을 경찰관에게 들켰어요. 눈이 뒤집힌 경찰관이 마약상을 팼어요. 그러자 마약상은 총을 꺼내 들었죠. 하지만 경찰관이 더 빨랐어요. 이마 한가운데를 명중시켰죠."

그녀는 더는 말을 잇지 못했다. 눈동자가 붉게 물드는가 싶더니 눈물 한 줄기가 볼 위로 흘러내렸다. 그녀를 위로하고 싶었지만 적당한 말이 생각나지 않았다. 메콩 강 위를 날던 새는 어디론가 사라지고 없었다. 지금은 저 누런 강물처럼 보잘것없는 인생이라 할지라도 누구나 한때는 아름답고 소중한 시절이 있었으리라. 그러나 한 번 흘러간 강물은 되돌아오지 않는다. 지나간 시간도 다시는 돌이킬 수 없다.

메콩 강 건너로 노을이 번지고 있었다. 온 세상을 불사를 듯 핏빛으로 훨훨 타오르는 노을이었다.

심한 갈증 때문에 잠이 깼다. 시계는 6시 5분 전을 가리키고 있었다. 움직일 때마다 머리가 깨질 듯 아팠다. 어젯밤, 마리화나에 취해 늘어진 다이아나를 겨우 방에 데려다 놓고 다시 밖으로 나와서 술을 얼마나 마셨는지 모른다. 내 방으로 돌아와 고꾸라진 게 새벽 3시였나 4시였나.

간단하게 세수만 하고 배낭을 챙겼다. 상처가 있는 사람끼리 어울리면 상처만 더 깊어질 뿐이다. 이제 그녀와 헤어질 때가 되었다. 거리에는 벌써 많은 사람들이 하루를 시작하고 있었다. 버스정류장에 도착하자 방비엥 행 버스가 막 떠나려고 했다. 생수를 한 통 사들고 그 버스에 올랐다.

비엔티안에서 방비엥까지는 160km 정도였지만 도로 상태가 나빠서 다섯 시간이나 걸렸다. 정오가 다 되어 방비엥에 도착한 버스는 커다란 공터에 승객들을 내려주었다. 공터 건너편에는 카르스트 지형의 산들이 솟아 있었다. 학이 출몰하고 흰 수염을 길게 드리운 도인들이 살고 있을 것 같은 풍광에 이끌려 공터를 가로질러 갔다.

방비엥은 주민보다 여행자가 더 눈에 띌 정도로 조그만 마을이었다. 마을 중앙의 시장 근처에 게스트 하우스와 식당, 바, 인터넷 카페 등 여행자를 위한 편의시설들이 모여 있었다. 숙소를 정하고 근처 식당에서 쌀국수 한 그릇으로 아침 겸 점심을 때우고 나자 숙취가 몰려왔다. 방으로 돌아와 침대에 몸을 누였다. 이제 내일이면 루앙프라방이다. 앙리 무오의 무덤이 있는 도시…… 어쩌면 그곳이 이번 여행의 종착지가 될지도 모른다고 생각하자 살짝 긴장이 되었다. 가이드북을 꺼내 루앙프라방을 소개한 부분을 다시 읽고 싶었지만 졸음을 견딜 수가 없었다.

한숨 자고 일어나자 방안에는 어스름이 스며들어 있었다. 침대에서 일어나 숙소를 나왔다. 인터넷 카페 앞을 지나는데 다이아나가 심각한 표정으로 모니터 앞에 앉아 있는 게 보였다. 질긴 인연이군. 그녀와 눈이 마주쳤다. 나는 인터넷 카페 맞은편 노천 바를 가리켰다.

"언제 도착했어요?"

두 병째의 맥주를 마시고 있을 때 다이아나가 왔다.

"한 시간 전에."

나는 그녀의 잔에 맥주를 따라주었다. 단숨에 잔을 비우는 그녀의 얼굴은 어두웠다.

"무슨 일 있어요?"

다이아나는 마리화나부터 한 대 말더니 연거푸 몇 모금 피운 다음 입을 열었다.

"경찰관 남자친구는 살인죄로 20년을 선고받았는데 다음 달이면 출소예요. 어느새 20년이 흘렀다니, 세월 참 빠르죠? 그 동안 어떻게 살았는지…….."

그녀는 축축하게 젖은 눈으로 잠시 먼 곳을 바라보았다.

"얼마 전 그의 변호사에게서 연락이 왔어요. 그가 출옥하면 나를 만나고 싶어 한다고. 그런데 내가 어떻게 그 사람 앞에 나타날 수 있겠어요. 그를 불행하게 만든 장본인이 난데. 내 생활은 20년 동안 변한 게 없어요. 여전히 마리화나를 피우고 돈만 주면 아무 남자와 침대로 가고…… 그런 모습을 못 견뎌했던 게 그 사람인데 이제 와서 무슨 낯으로 다시 만나죠?"

그녀는 두 대째의 마리화나를 말기 시작했다.

"고민 끝에 그 사람의 기억 속에서 사라지기로 마음먹었어요. 내가 없어지면 그 사람도 더 이상 나를 찾지 않을 거고 다른 여자 만나서 행복하게 살 거라고 생각했어요. 그래서 아무도 모르는 곳으로 사라져 버리려고 이 먼 나라까지 온 거예요. 그런데 그 사람의 변호사에게서 자꾸 이메일이 와요. 그가 아직도 날 사랑하고 있다고, 20년 동안 오로지 내 생각만 하면서 감옥 생활을 견뎌왔다고, 너무나 보고 싶어 한다고……."

다이아나는 말을 맺지 못하고 고개를 숙였다. 나는 소리죽여 흐느끼고 있는 그녀의 등을 가만히 쓰다듬어 주었다. 그녀가 불쌍했지만, 한편으론 부러웠다. 어쨌거나 그녀는, 원한다면 새롭게 시작할 수 있다. 헌데 내가 열어젖힌 판도라의 상자에는 희망이라고 부를만한 게 남아 있던가. 두 눈이 뜨거워져서 고개를 들었다. 하늘에는 수많은 별들이 어둠의 왕관처럼 빛나고 있었다.

사장이 영업을 하고 사장 부인이 경리 겸 디자인 일을 거드는 충무로의 조그만 광고 기획사에서 아내를 처음 만났다. 전 직원 네 명의 그 회사에서 나는 카피라이터였고 그녀는 맥킨토시 디자이너였다.

회사는 국회의원 선거와 지자체 선거 특수를 누리면서 잘 나갔다. 한때 국회의원 보좌관을 했던 사장의 수완으로 선거 홍보물 제작 일이 끊이지 않았다. 선거 특수가 끝나는가 싶더니 사장은 기업

체 사보 제작 일을 물어왔다. 날마다 야근을 해야 할 정도로 바빴지만 돈 버는 재미에 힘든 줄을 몰랐다. 네 명뿐인 회사에서 두 사람이 부부이다 보니 단합대회랍시고 나이트클럽이나 교외로 놀러 가면 자연스레 그녀와 나는 파트너가 되었다. 그렇게 어울리면서 차츰 그녀에게 호감을 갖게 되었고 그녀도 내가 싫지 않은 눈치였다.

우리가 식을 올린 건 직원 수가 10여 명으로 늘어난 즈음이었다. 그녀는 결혼과 함께 의류회사 디자인실로 직장을 옮겼다. 부부가 한 직장에서 근무하면 이것저것 눈치 보이는 게 많기 때문이었다. 신혼생활은 행복했고 성생활도 원만했다. 오히려 너무 잦아서 탈이라면 탈이었다. 피임을 하는 것도 아닌데 임신이 잘 되지 않아서 그녀가 가끔 우울해 하는 게 유일한 걱정거리였다.

"우린 아직 젊잖아. 서두르지 말자고. 아이는 때가 되면 생길 거야. 당신이 당장 임신하면 꿈같은 신혼은 끝이야. 나는 둘만의 생활을 좀 더 즐기고 싶어."

결혼 2년째 되는 해 전 직원이 태국으로 연수를 갔다. 회사가 잘된 덕분에 떠난 유람 여행이었다. 3박 5일 내내 아내와 같이 못 온 게 아쉬울 정도로 흥겨웠다. 여행 마지막 날, 직원들과 3차까지 술을 퍼 마시고 호텔 방으로 들어가 자려는데 사장이 은밀한 눈짓으로 나를 불러 세웠다.

"여기까지 와서 그냥 갈 순 없잖아."

그러면서 사장은 새끼손가락을 까딱거렸다. 내일 저녁이면 마누

라 품에 안길 텐데 하루를 못 참나, 잘못해서 몹쓸 병이라도 걸리
면 어쩌려고 그러느냐, 그렇게 원하면 사장 혼자 해라, 하면서 나
는 그의 유혹을 한사코 거절했다. 우리가 이때 아니면 언제 바람
피워 보느냐, 너와 나는 창업 동지잖아, 콘돔 끼고 하면 괜찮다, 불
안하면 넌 두 개 껴라, 하면서 사장은 끈질기게 꼬드겼다. 한동안
옥신각신하다가 갑자기 술이 확 오르면서 울컥 짜증이 나는 바람
에 나도 모르게 "좋습니다, 갑시다!" 해버렸다.

귀국 한 달 후, 몸이 슬슬 가렵기 시작하더니 피부에 좁쌀만 한
반점이 생겼다.

"당신 목욕탕에서 피부병 옮았나 봐. 목욕탕 바꿔 봐요."

아내의 의견을 좇아 목욕탕을 옮겼다. 그것이 주효했던지 일주
일 만에 반점은 사라졌다. 그러고 나서 6개월쯤 지났을까. 아무 이
유 없이 밥맛이 없고 설사가 잦아졌다.

"당신 보약 먹을 때 됐나 봐. 남자들은 나이 사십 되기 전에 보약
한 재 먹어야 고비를 넘긴다고 하잖아."

"왜 이래, 난 아직 삼십대 중반이야."

그때만 해도 농담 수준이었다. 그러나 아내가 가끔 TV에도 출연
한다는 한의사에게서 지어 온 약을 먹어도 증세는 호전되지 않았
다. 오히려 몸 여기저기의 림프선이 붓고 시도 때도 없이 열이 나
는 등 새로운 증세까지 나타났다.

"후천성 면역부전증후군입니다."

회사에 반차를 내고 받은 건강진단 결과를 확인하러 간 자리에서 의사는 착 가라앉은 목소리로 그렇게 말했다. 후천성 면역부전증후군? 그게 무슨 병이지?

"흔히 에이즈라고 하는 병에 걸리셨습니다."

그 말을 듣는 순간 눈앞이 아득해지고 귓속은 비행기가 이륙할 때처럼 꽉 막혀 왔다.

"혹시 의심스러운 성관계를 가지신 적이 있으십니까?"

"반 년 전에 태국에 갔다가 그곳 여자와……."

"콘돔을 사용하지 않으셨나요?"

"당연히 사용했지요."

"전희 과정 중에도 사용하셨나요?"

나는 할 말을 잃은 채 딱딱하게 말라붙은 아랫입술만 연신 핥아댔다.

"환자께선 현재 보균 상태이지 아직 발병 단계는 아닙니다. 보균자라고 해서 다 발병하는 건 아닙니다. 통상 보균자의 10~20%가 발병 단계로 전이합니다. 따라서 아직 실망하실 단계는 아닙니다. 물론 일상적인 사회생활을 하는 데는 아무런 지장이 없습니다. NBA선수였던 매직 존슨도 보균자일 뿐 발병자는 아니어서 활발하게 사회 활동을 하고 있습니다. 다만 주기적인 검진을 통해 상태를 면밀히 체크해야 합니다. 그리고……."

의사는 몇 마디 조언을 덧붙였지만 하나도 귀에 들어오지 않았다. 내 성기를 애무하던 여인의 붉은 입술만 자꾸 떠오를 뿐이었다.

청천벽력 같은 통고를 받고 병원 문을 나선 뒤 밤늦도록 정처 없이 거리를 쏘다니다 포장마차에서 깡소주를 마시고 주정을 부리는 바람에 쫓겨난 것까지는 기억이 났다. 다음날, 내가 눈을 뜬 곳은 한강 고수부지였다. 해는 중천에 떠 있고 지갑과 핸드폰과 손목시계는 물론이고 구두까지 누가 벗겨가 버린 상태였다. 정말, 세상으로부터 완벽하게 버림받은 기분이었다.

"어떻게 된 거예요?"

지나가는 청년에게 핸드폰을 빌려서 전화를 걸자 아내는 지난밤을 뜬눈으로 지새웠는지 목소리가 꽉 잠겨 있었다.

"미안해."

아내의 목소리를 듣는 순간 눈물이 왈칵 솟구쳤다. 그리고 아내의 다음 말에 나는 인간이 상상할 수 있는 가장 비참한 구렁텅이 속으로 곤두박질치고 말았다.

"큰일 났어요. 사장님이 자살하셨대요."

아내의 말에 의하면, 사장은 어젯밤 직원들이 모두 퇴근한 후 혼자 회사에 남아 있다가 사장실 천장 환풍구에 넥타이로 목을 맸다는 것이었다. 오늘 아침 맨 먼저 출근한 직원이 사장을 발견했을 때는 이미 몸뚱이가 싸늘하게 식어 있었다고 했다.

'먼저 가서 죄송하오. 뒷일을 부탁하오.'

사장의 책상 위에서 발견된 유서에는 그 두 문장만이 적혀 있었다. 사장의 가족은 부검을 요구했다. 자살할 아무런 이유가 없다는 게 가족의 주장이었다. 회사는 탄탄했고 가정도 전혀 문제가 없었다. 누구에게 원한을 살 만한 일을 저지른 적도 없었다.

가족의 뜻으로 이루어진 사장의 부검 결과가 나오기 하루 전 날, 나는 한 통의 편지를 받았다. 사장이 보낸 편지였다.

'자네는 자신이 언제 죽게 되리라는 걸 알고 있는 사람의 기분이 어떨지 상상해 본 적이 있나. 나는 한 달 전부터 오늘을 준비해 왔네. 이제 이 편지를 우체통에 넣고 나면 나는 떠나네. 자네는 선견지명이 있었던 것 같아. 방콕에서 자네의 말을 들었다면 이 지경까지 되지는 않았을 텐데.

지난 6개월은 내게 너무나 참혹한 나날들이었네. 처음 내가 그 몹쓸 병에 걸렸다는 사실을 알았을 때의 심정이란……. 누구에게 하소연을 할 수도 없고 오히려 남이 알까 봐 전전긍긍하는 신세가 얼마나 사람을 비참하게 만드는지 자네는 모를 걸세.

나는 무신론자이지만 한동안 신을 원망하기도 했네. 내가 왜 이런 형벌을 받아야 하는지. 한순간의 실수치고는 너무나 대가가 크지 않은가. 내가 얼마나 자네를 부러워하고 시기했는지 아나. 혹시 자네도 나와 같은 병에 걸리지 않았을까. 그럼 저승길에 동무 삼을 수도 있을 텐데, 하는 생각까지 했었지. 그런데 다행히도 자네는 신의 질투를 피해 간 것 같더군.

나의 행동이 섣부르다는 것도 알고 있다네. 의사는 이 병에 걸렸다고 다 사망하는 건 아니고 70~80%는 보균 상태인 채로 제 명까지 살 수도 있다고 하더군.

처음에는 그 말이 희망이었지. 그러나 시간이 지나면서 그것은 사형 선고보다도 더한 고통이었네. 차라리 확 발병이라도 해 버리면 모든 걸 포기할 텐데 하루에도 몇 번씩 지옥을 다녀오는 그 기분은 아무도 모를 걸세. 몸에 조금만 이상이 생겨도 전이가 시작된 건 아닌지 겁부터 나고 무엇보다도 두려운 것은 내가 이 병에 걸렸다는 사실을 알게 되었을 때 가족들이 보여줄 반응이었네. 이 병이 남에게 전염될 가능성은 감기보다도 적다고 들었네. 하지만 여태까지 믿고 의지해 온 가장이 에이즈 보균자라는 사실을 알게 되면 내 가족의 심정은 어떠하겠는가. 주위 사람들은 또 어떤 눈으로 가족을 바라보겠는가. 대체 내 아내와 자식들이 무슨 죄가 있기에 그 고통을 떠안아야 한단 말인가.

오랜 고민 끝에 이 길을 택할 수밖에 없었네. 나의 추악한 비밀이 언제 탄로 날까 가슴 조이며 살기보다는 영원히 그 비밀을 가슴에 묻은 채 사라져 버리기로 말이야.

이런 우화를 아는가. 인구가 100명인 나라에 99명의 국민이 악인이고 1명의 국민이 선인일 때는 1명의 선인에게 상을 줘서 99명의 악인이 본받도록 하는 게 나라를 다스리는 방법이지만, 반대로

99명의 국민이 선인이고 1명의 국민만이 악인일 때는 그 1명의 악인을 없애는 게 나라를 다스리는 방법이라는.

잠시 후면 나는 이 세상에서 영원히 사라지게 될 걸세. 부디 가족에게만은 자상했던 가장으로 기억되고 싶은 게 내 마지막 소망이네. 나의 갑작스런 죽음으로 인해 뒷말이 나오게 된다면 자네가 나서서 나의 비밀을 지켜주길 간곡하게 당부하네.'

사장의 편지가 배달된 뒤부터 나는 집밖으로 나가는 일이 두려워졌다. 현관문을 열고 밖으로 한 발 내딛는 순간, 누군가가 기다리고 있다가 내 뒷덜미를 답삭 낚아채며 이렇게 외칠 것만 같았다.

"이번에는 네 차례야!"

나의 갑작스런 칩거에 대해 아내는 별다른 의심을 하지 않았다. 오히려 사장에게 변고가 생겼으니 충격이 얼마나 크겠냐고 위로해 주었다.

사장의 부검 결과가 어떻게 나왔는지 알 수 없었다. 부검의가 사장의 몸에 숨겨져 있던 병을 발견했다면, 그리고 그 사실을 가족에게 통보했다면, 어떤 식으로든 추궁이나 확인을 위해서라도 사장의 가족은 나를 찾았을 텐데 그날 이후 나는 어느 누구로부터도 사장의 일과 관련된 연락을 받지 못했다.

"회사가 없어져 버렸어요."

나의 칩거가 한 달 가량 계속되던 어느 날, 퇴근하고 돌아온 아내는 현관문을 열어주는 내게 뭔가에 홀린 표정으로 말했다.

"이상해요. 모든 게 갑자기, 감쪽같이, 사라져 버렸어요."

아내는 뒷수습이 어떻게 되었는지 궁금해서 몇 번이나 전화를 해도 통화가 되지 않자 점심시간에 직접 회사로 찾아갔다고 했다. 그런데 회사는 벌써 며칠 전에 문을 닫아버렸고 사장 가족도 어디론가 이사해 버려서 종적을 알 수가 없다는 것이었다.

옛정을 생각하면 이럴 수는 없는 건데, 하며 아내는 못내 아쉬워했다. 하지만 나는 마음이 한결 차분해졌다. 사장의 죽음과 관련된 비밀을 사장의 가족에게 추궁 당할 걱정은 이제 사라진 것이므로.

그러나 사장이 죽었다고 해서 그 죽음이 흐지부지 잊혀버린다고 해서 모든 게 끝난 건 아니었다. 내 몸에는 언제 부화할지 모르는 불행의 씨가 여전히 자라고 있는 중이었다. 그 생각을 할 때마다 나는 스스로에 대한 모멸감과 아내에 대한 죄책감으로 견딜 수가 없었다.

유심히 관찰해 보니 아내의 몸에서는 별다른 징후가 발견되지 않았다. 다행히 아직 병이 옮겨가지 않은 모양이었다. 그렇다면, 더 늦기 전에 결단을 내려야했다. 나 하나만 없어지면 모든 게 깨끗해지는데 낡은 소매처럼 너덜너덜해진 삶에 미련을 가질 이유가 없지 않은가.

몇 번이나 아파트 옥상에 올라갔는지 모른다. 그때마다 아내의 얼굴이 떠올라서 그냥 내려오곤 했다. 내가 여기서 떨어져 죽으면 자살의 이유가 만천하에 밝혀질 것이다. 그러면 아내에게 주위 사람들의 따가운 시선이 쏟아질 것이고…… 그것만은 막아야 했다. 그게 내가 아내를 위해서 할 수 있는 마지막 일이었다.

여러 날을 고민한 끝에 나는 태국 행을 결심했다. 내 운명이 어긋나기 시작한 곳에서 마무리를 지어야 한다. 나라는 인간은 아예 이 세상에 존재하지도 않았던 것처럼 어느 후미진 산골이나 무인도에서 아무런 흔적도 남기지 않고 조용히 스러져야 하리라.

아침이 밝았다. 나는 세수를 하고 배낭을 챙겨 들고 공터를 가로질러 버스 정류장으로 갔다. 그곳에는 두 대의 버스가 대기하고 있었다. 한 대는 비엔티안으로 가고 다른 한 대는 루앙프라방으로 가는 버스였다. 두 버스 모두 8시 출발이었다. 차 한 잔 마실 시간은 있었다.

정류장 근처 카페에서 커피를 마시고 있는데 다이아나가 들어왔다. 그녀도 배낭을 메고 있었다.

"피곤해 보이네요."

"한숨도 못 잤어요."

그녀의 얼굴은 퉁퉁 부어 있었다.

"결심했어요?"

내 물음에 그녀는 말없이 고개만 끄덕였다. 버스가 경적을 울렸

다. 출발시간이 된 모양이었다. 그녀가 내게 비닐봉지 하나를 내밀
었다. 몇 대 분량의 마리화나가 들어 있었다.

"끊을 거예요."

"잘 생각했어요."

우리는 잠시 동안 서로를 껴안아주었다.

내가 먼저 포옹을 풀고 돌아서서 루앙프라방 행 버스에 올랐다.
창가 자리에 앉아 창문을 열었다. 비엔티안 행 버스에 오르던 다이
아나가 손을 흔들었다. 나도 그녀를 향해 손을 흔들어주었다. 버스
가 천천히 출발하면서 흙먼지가 피어올랐다. 눈앞의 풍경이 흐려
지면서 아무것도 식별할 수 없었다. 버스는 털털거리며 달려가기
시작했다.

중독

1.

나는 앉아 있다, 굴다리 옆 클럽 의자에. 머리 위에는 빙글빙글 조명등이 돌아가고 구석에 설치된 스피커에서는 남자 가수가 바락바락 악을 쓰며 팝송을 토해 놓고 있다. 탁자 위에 놓인 맥주 캔을 집어 든다. 차가운 기운이 손가락 끝을 타고 온몸으로 퍼진다. 한 모금 들이킨다. 식도를 거쳐 위 속으로 흘러가는 맥주. 젖은 감각에서 깨어나는 온몸의 세포들. 입가에 묻은 맥주 거품을 손등으로 닦으며 땅콩 한 알을 집어 든다. 오른손 엄지손가락과 집게손가락으로 껍질을 깐 땅콩을 입안에 넣으며 실내를 둘러본다. 열두어 평쯤 될까, 그다지 넓지 않은 실내에는 여섯 개의 테이블이 군데군데 놓여 있고 중앙에는 바가 있다.

나는 실내 중앙을 가로지르고 있는 그 바에 앉아 있다. 바에는 등받이 없는 의자 십여 개가 좌우로 엇갈리게 놓여 있다. 내가 앉아 있는 자리에서 서너 의자 떨어진 곳에는 사자갈기 모양의 헤어스타일을 한 여자애가 앉아 있다. 갓 스물을 넘겼을까, 치렁치렁한 검은 머리칼 사이로 노란 물을 들인 머리칼이 한 움큼 돋아 있는 여자애의 목에는 아프리카 원주민 장식 같은 목걸이가 걸려 있다.

바에는 그 애와 나 둘 뿐이다. 바 주위의 테이블 여섯 개 중 세 개는 비어 있고 나머지 세 개에는 사람들이 앉아 있다. 저쪽 구석, 스피커 옆 테이블에는 더벅머리 남자애 다섯이 앉아 있다. 실내를 휘감고 있는 음악의 막에 가려 그들의 대화 내용을 알아들을 수는 없지만 더벅머리들은 과장된 몸짓으로 웃고 떠들고 있다. 더벅머리들 테이블과 대각선에 있는, 조명이 미치지 않아서 사람 얼굴이 흐릿하게 보이는 테이블에는 한 쌍의 커플이 얼굴을 맞댄 채 서로의 눈을 뚫어지게 쳐다보고 있다. 그 커플은 맥주 캔을 쥔 팔을 교차시킨 채 낮은 목소리로 끊임없이 속삭이고 있다. 오늘밤 집에 들어갈지 말지 모텔에서 잠깐 쉬었다 갈지를 의논하는 걸까. 나머지 한 테이블은 비어 있다. 그 자리의 주인들은 소지품을 테이블과 의자에 남겨둔 채 춤을 추는 중이다. 두 명의 여자애와 두 명의 남자애. 미팅에서 만난 사이일까. 정장 차림의 여자애들은 나이보다 성숙해 보이고, 남자애들은 머리에는 무스를 바르고 무릎이 찢어진 청바지에 형광색 티셔츠를 걸치고 있다. 그들은 팽이처럼 빙글빙글 실내를 돌아다니며 춤을 추고 있다. 때로는 목과 팔과 다리에 작은 모터가 달린 것처럼 격렬하게 춤을 추다가 때로는 어항 속의 물풀처럼 흐느적흐느적 춤을 춘다. 그들 중 한 여자애가 내 시선을 잡아끈다. 하얀 바탕에 어린아이 주먹만 한 검은 점들이 박혀 있는 원피스를 입고 있는 그 애는 춤의 요정 같다. 오른쪽 발을 왼쪽 발 뒤꿈치에 곧추 세우고 핑그르르 원을 그리며 회전할 때마다 덩달아 원을 그리며 나풀거리는 그 애의 치맛자락 어디에선가 몽글몽글 수만 개의 물방울이 솟아오를 것 같다.

"아저씨."

누군가의 목소리가 귓전을 두드린다. 나는 원피스에 꽂혀 있던 시선을 돌려 주위를 살핀다. 실내를 휘젓고 있는 시끄러운 음악소리 때문에 목소리가 들려오는 방향을 가늠할 수 없다.

"아저씨."

다시 나를 부르는 목소리가 들려온다. 문득 옆자리를 돌아본다. 서너 의자 건너편에 앉아 있는 사자갈기 모양의 헤어스타일을 한 여자애가 빤히 쳐다보고 있다.

"담배 한 대 얻을 수 있나요?"

여자애는 자신의 부탁을 들어주지 않으면 살인이라도 저지를 듯한 눈빛으로 나를 바라보고 있다. 나는 아무 말 없이 담배 하나를 꺼내 굴린다. 몇 바퀴 굴러가던 담배는 바를 이탈하여 바닥으로 떨어진다. 나는 다시 담배 하나를 꺼낸다. 그때 들려온 여자애 목소리.

"됐어요."

여자애는 엉덩이를 의자에서 떼지 않은 채 상체만 숙여 바닥에 떨어진 담배를 줍는다. 그 순간, 여자애가 입고 있는 티셔츠 앞자락이 늘어지면서 젖가슴이 훤히 드러난다. 브래지어를 하지 않은 여자애의 가슴은 어린 새처럼 빈약하다.

바닥에서 주운 담배를 입에 문 여자애는 카운터로 가서 종업원에게 뭐라고 말하더니 다시 자리로 돌아와 앉는다. 자리로 돌아온 여자애의 손에는 성냥이 들려 있다. 타닥, 두어 번의 실패 끝에 여자애는 종이 성냥을 켜는데 성공한다. 담배에 불을 붙이기 위해 입가로 가져간 성냥 불빛에 여자애의 얼굴이 동그랗게 드러난다. 짙은 속눈썹, 나이를 짐작하기 어려울 정도로 두꺼운 화장, 피처럼 붉은 입술, 귓바퀴에서 반짝이는 일회용 귀고리. 여자애는 천장을 향해 길게 담배 연기를 내뿜다가 문득 나를 쳐다보며 말한다.

"땡큐."

나는 의미 없는 미소를 흘리며 맥주 캔을 쥐어든다. 아까보다 덜 차다. 입으로 가져간다. 몇 모금 목구멍으로 맥주를 흘려 넣자 캔은 바닥을 드러낸다. 나는 빈 맥주 캔을 이미 마신 다른 맥주 캔 위에 올려놓는다. 그곳에는 모두 다섯 개의 맥주 캔이 쌓여 있다. 이제 여섯 개째의 맥주 캔으로 세워진 탑이 된다.

나는 카운터로 가서 종업원에게 새 맥주를 주문하고 화장실로 간다. 실내보다 한 층 위에 있는 화장실로 가는 계단은 좁고 가파르다. 벽이 온통 유리로 장식되어 있는 화장실에는 소변기 두 개와 칸막이로 가려진 좌변기와 세면대가 있다. 입구와 가까운 쪽 소변기 앞에 서서 소변을 보다가 문득 시선을 들자 소변기 앞에 걸려 있는 거울 속의 내가 나를 쳐다본다. 그 위, 이마 높이에서는 먼지가 가득 낀 환풍기가 요란한 소리를 내며 돌아가고 있다. 나의 요도를 나와 소변기 속으로 쏟아지고 있는 오줌줄기가 자칫하면 환풍기 바람에 휘말려 사방으로 흩날릴 것 같다.

"어머!"

소변을 다 누고 바지춤을 올리는 찰나, 좌변기가 있는 칸막이 안에서 한 여자애가 나오다 나를 발견하곤 짧은 비명을 내지르더니 놀란 생쥐처럼 쪼르르 계단을 내려가 버린다. 세면대에서 손을 씻고 있는데 조금 전 여자애가 나온 좌변기 칸막이 안에서 이번에는 남자애가 불쑥 나온다.

오! 그곳에서 무슨 일이 일어났던가?

짧은 순간, 눈앞의 거울 속에서 그 남자애와 나의 시선이 부딪힌다. 화장실 백열등 불빛 아래 비친 남자애의 얼굴은 물에 빠져 죽은 시체처럼 멀겋다. 눈자위 아래는 술기운으로 발그레하고 무스를 바른 앞머리 몇 가닥이 내려와 있고 보라색 남방 앞단추는 두어 개 풀어져 있고 청바지 앞자락으로 하얀 내의가 삐져나와 있다. 무표정한 얼굴로 거울 속의 나를 쳐다보던 남자애는 역시 생쥐처럼 쪼르르 계단을 내려가 버린다.

자리로 돌아온 나는 종업원이 갖다놓은 새 맥주 캔의 꼭지를 딴다. 맥주거품이 올라온다. 거품을 핥는다. 혓바닥을 애무하는 쌉쌀한 맥주. 나는 맥주 캔을 내려놓고 담배를 하나 꺼내 문다. 불을 붙인다. 얼음의 심장처럼 파란 가스라이터의 불꽃. 영혼의 실밥 같은 연기를 허공으로 피워 올리며 타 들어가는 담배. 한 모금 깊숙이 빨아들인다. 폐 속으로 들어간 담배연기는 잘디잔 바늘이 되어 가슴을 콕콕 찌른다. 더욱 깊숙이 빨아들인다. 더욱 따갑게 가슴을 찌르는 니코틴의 바늘들.

구석자리에 앉아 있던 더벅머리들이 주섬주섬 자리에서 일어난다. 춤을 추려는 걸까, 아님 단체로 화장실에 가려는 걸까. 예상은 빗나갔다. 그들은 의자 등받이에 걸쳐두었던 상의와 테이블 위에 널려 있던 담배와 라이터와 핸드폰을 챙기더니 카운터로 간다. 어지간히 마셨는지 카운터로 걸어가는 그들의 다리는 연체동물처럼 힘이 없다. 계산이 안 맞는지 카운터 앞에서 잠시 종업원과 실랑이를 벌이던 그들은 뭐라고 투덜거리며 클럽 문을 활짝 열고 밖으로 나선다. 문이 열린 틈을 타서 실내에 갇혀 있던 음표들이 밖으로 빠져나가려다 다시 문이 닫히는 순간을 미처 피하지 못하고 문틈에 끼여 비명을 내지른다.

카운터에 앉아 있던 여자애가 쟁반을 옆구리에 끼고 더벅머리들이 떠난 테이블로 간다. 쟁반을 테이블 위에 내려놓고 빈 맥주 캔, 안주 접시, 재떨이를 쟁반 위에 쓸어 담는다. 휴지로 테이블을 닦기 위해 허리를 굽히는 순간, 여자애의 엉덩이는 바람이 잔뜩 들어간 풍선처럼 팽팽해진다. 찢어질 듯 부풀어 오른 엉덩이를 감싸고 있는 청바지에 붙어 있는 상표가 낙인 같다. 테이블을 닦고 오물이 가득 담긴 쟁반을 들고 여자애는 주방으로 간다. 여자애가 사라지자 조금 전, 더벅머리들이 앉아 있던 구석자리 테이블 위에 걸려 있는 커다란 패널이 눈에 들어온다.

그 패널은, 흑백사진 한 장이 들어 있는 그 패널은, 목 위와 무릎 아래가 잘린 두 사람의 신체를 찍은 사진이 들어 있는 그 패널은, 청바지 차림의 아랫도리와는 달리 아무 것도 입지 않은 상체의 가슴을 통해 한 사람은 남자이고 다른 한 사람은 여자임을 알 수 있는 사진이 들어 있는 그 패널은, 서로의 사타구니 깊숙이 손을 집어넣고 있는 포즈의 사진이 들어 있는 그 패널은, 지금 나를 빤히 쳐다보고 있다. 웬일일까, 패널을 바라보고 있는 내 몸이 한증막 속에 들어온 것처럼 더워지는 것은.

슬그머니 고개를 돌려 옆자리를 쳐다본다. 놀랍게도 사자갈기 모양의 헤어스타일을 한 여자애가 나를 빤히 쳐다보고 있다. 문어의 빨판처럼 끈끈한 시선으로 여자애는 내 얼굴을 뚫어지게 바라보고 있다. 얼마나 오랫동안 여자애가 나를 지켜보고 있었는지 알 수 없다. 나는 슬그머니 자리에서 일어나 화장실로 간다. 오줌이 마려운 건 아니지만 자리에 앉아 있을 수가 없다.

화장실로 가는 계단은 여전히 좁고 가파르다. 여전히 좁고 가파른 계단을 올라 화장실로 들어서자 좌변기 칸막이 안에서 두 남자애가 연달아 톡톡 튀어나온다. 자신들을 발견하고 멈칫하는 나를 쳐다보는 두 남자애의 시선은 생기를 잃어버린 산낙지처럼 흐물흐물하다. 나는 조심스레 비켜서며 그들에게 길을 내어준다. 천천히 내 곁을 지나 좁고 가파른 계단을 내려가는 그들의 걸음걸이가 위태위태하다. 그들이 사라지고 나자 나는 좌변기 칸막이 안을 기웃거린다. 변기 안에는 누런 오줌이 가득 차 있고 바닥에는 찌그러진 맥주 캔과 휴지, 누런 액체가 들어 있는 비닐봉지, 일회용 팬티, 사용한 생리대, 담배꽁초, 콘돔, 피임약 통이 흩어져 있고 벽에는 낙서가 빼곡하다. 나는 좌변기 칸막이 문을 닫고 세면대에서 손을 씻은 다음 화장실을 나온다. 오줌을 눌 필요는 없다. 아직 방광은 여유가 있으므로.

좁고 가파른 계단을 내려와 내 자리로 가려다 잠시 멈칫한다. 내 자리라고 짐작되는 의자에 사자갈기 모양의 헤어스타일을 한 여자애가 앉아 있다. 나는 찬찬히 걸어가며 그 여자애가 앉아 있는 자리를 찬찬히 살핀다. 탑처럼 쌓아놓은 여섯 개의 맥주 캔, 땅콩이 담긴 접시, 담배와 라이터, 내 자리가 분명하다. 여자애는 지금 분명 내 자리에 앉아 있다. 나는 그 여자애 옆에 가서 선다. 여자애가 고개를 들고 나를 쳐다본다. 여자애의 입에는 내 것임이 분명한 담배 한 대가 물려 있다. 여자애는 무표정한 얼굴로 잠깐 나를 바라보다가 옆에 있는 빈 의자 하나를 끌어다 내 앞에 놓는다. 나는 말없이 그 여자애가 끌어다 놓은 의자에 앉는다. 자연스레 그 여자애와 난 합석한 셈이 되었다. 목이 탄다. 나는 그 여자애 앞에 놓여 있는 내 맥주 캔을 집어 들고 벌컥벌컥 들이킨다. 목구멍을 타고 위 속으로 들어가는 맥주는 아까보다 덜 차다. 일곱 개째의 빈 맥주 캔으로 탑을 쌓으며 담배를 한 대 꺼내 문다. 불을 붙이려다 문득 그 여자애를 돌아다본다. 문어 빨판처럼 끈끈한 그 여자애의 시선은 더욱 가까운 곳에서 나를 쳐다보고 있다.

"아저씨."

여자애가 내게로 반쯤 몸을 숙이며 낮고 은밀한 목소리로 말한다.

"저하고 자러 갈래요?"

2.

사망 직전 파리의 날갯짓처럼 두어 번 떨림 끝에 형광등이 켜지고 실내가 밝아왔다. 그러자 어둠 속에 숨어 있던 퀴퀴한 냄새가 훅, 달려들었다. 벽에는 군데군데 누런 얼룩이 있고 방안에는 침대와 구형 텔레비전, 소형 냉장고, 물주전자와 차곡차곡 접힌 수건이 있다.

"이 방밖에 안 남았어요."

선택을 강요하는 종업원의 목소리가 등 뒤에서 들려왔다.

"얼마죠?"

내 등 뒤, 종업원 앞에 서 있던 사내가 되물었다.

"쉬었다 가실 거예요, 주무시고 가실 거예요?"

다시 종업원의 목소리가 들려왔다. 사내가 선뜻 대답을 하지 못했다. 나는 신발을 벗고 방안으로 들어서며 말했다.

"자고 가야죠. 지금이 몇 신데."

사내가 종업원에게 방값을 치르는 사이, 나는 방 한구석에 핸드백을 던져놓고 침대 위에 벌렁 누웠다. 침대 위에 누운 채로 오른발 엄지발가락과 집게발가락으로 왼발에 신겨진 스타킹을 벗겼다. 이어 왼발 엄지발가락과 집게발가락으로 오른발에 신겨진 스타킹을 벗겼다. 다 벗겨낸 두 짝의 스타킹을 양발로 돌돌 말아서 핸드백 근처에 던져놓았다.

"뭐해요?"

사내는 아직도 방 입구에 멀뚱한 표정으로 서 있다. 내가 빤히 쳐다보자 사내는 슬그머니 시선을 피하며 등 뒤로 손을 뻗어 방문 손잡이 꼭지를 눌러 잠근 다음 신발을 벗고 방안으로 들어섰다. 방안으로 들어선 사내는 여전히 선 채로 주머니에서 담배를 한 대 꺼내 물었다.

"안 씻어요?"

"먼저 씻어."

나는 자리에서 벌떡 일어나 티셔츠를 벗고 미니스커트도 벗었다. 내가 노 브래지어에 노 팬티라는 걸 곁눈질로 훔쳐본 사내는 약간 놀라는 눈치였다. 나는 사내의 시선 따위는 무시하고 성큼성 큰 욕실로 갔다. 샤워기 꼭지를 틀자 더운 물이 쏟아졌다. 시설에 비해 온수상태는 양호했다. 어떤 모텔은 맛보기처럼 몇 방울 온수가 나오다 이내 차가운 물이 쏟아지기도 한다. 뜨거운 물만 쏟아지다 다시 차가운 물만 쏟아지는 등 오락가락하는 곳도 있다. 다행히 이 모텔의 샤워기는 일정한 온도의 온수를 토해내 주었다. 역시 한여름에도 샤워는 온수로 해야 좋다. 온몸에 달라붙어 있던 땀과 피로가 말끔히 씻겨나가는 기분이다. 한동안 물줄기에 몸을 내맡기고 있다가 샤워기를 잠그고 비누칠을 시작했다.

머리에서 어깨로, 어깨에서 다리로, 다리에서 사타구니로, 그러다 잠시 배꼽에서 비누칠을 멈추었다. 샤워를 할 때마다 이곳에 이르면 난감해졌다. 손가락 끝에 비누를 잔뜩 묻혀서 쑤셔 넣어 보아도 배꼽의 때는 잘 씻기지 않았다. 잘못 쑤셔대면 화상을 입은 것처럼 배꼽 주위가 벌겋게 달아오르기도 했다. 배꼽 닦는 건 포기하고 다시 샤워기를 틀었다. 몸에서 씻겨나간 비눗물이 꼬르륵 소리를 내며 욕실 배수구 속으로 빨려 들어갔다. 샤워를 마치고 몸을 닦으려는데 수건이 없다. 욕실 문을 살짝 열고 내다보니 사내는 아직도 선 채로 담배를 피우고 있다.

"아저씨."

고개를 돌린 사내는 뚱한 표정으로 나를 쳐다본다.

"수건 좀 줄래요?"

사내는 쟁반 위에 놓인 수건 하나를 집어 들고 욕실로 다가왔다.

그런데 욕실 문 앞에 와서는 고개를 반쯤 돌린 채 수건을 내미는 게 아닌가. 그 모습에 피식 웃음이 나왔다. 수건으로 대충 몸을 닦고 욕실에서 나오자 사내는 피우던 담배를 재떨이에 눌러 끈 다음 남은 수건 하나를 들고 욕실로 갔다. 나는 침대 위에 앉아 사내의 담배를 한 대 꺼내 물고 텔레비전을 켰다. 공중파 방송은 끝나고 케이블 채널에서 중국 무협영화를 하고 있었다. 나는 수건으로 머리를 털다가 침대 위에 노트 하나가 떨어져 있는 걸 발견했다. 한 손에 쥘 수 있을 만큼 작은 노트였다. 나는 호기심에 노트를 한 장 넘겨보았다.

─그곳에서 무슨 일이 일어났던가?

첫 장에는 반듯한 글씨로 그렇게 적혀 있다. 다음 장을 넘겼다. 다음 장에는 빠르게 휘갈겨 쓴 글씨로 이렇게 적혀 있다.

─나는 앉아 있다, 굴다리 옆 클럽 의자에.

그뿐이었다. 다음 장에도 그 다음 장에도 아무런 글귀가 적혀 있지 않았다. 그 노트에는 딱 두 줄의 문장만 적혀 있었다.

"이거 아저씨 거예요?"

샤워를 마치고 나오는 사내에게 노트를 내밀며 물었다. 사내는 골난 사람처럼 입술을 삐쭉 내밀며 내 손에서 노트를 낚아챘다. 그리곤 벗어놓은 자신의 옷과 함께 한쪽 구석에 조심스럽게 모셔놓았다.

"그곳에서 무슨 일이 일어났던가…… 그게 뭐예요?"

"아무 것도 아냐."

등을 돌린 채 수건으로 머리를 털고 있는 사내의 엉덩이는 홀쭉했다. 바람 빠진 풍선 같다.

"아저씨, 혹시 기자예요?"

"……."

"글 쓰는 사람이에요?"

사내는 아무 말이 없다. 여전히 등을 돌린 채 머리만 털고 있다.

"시인? 소설가?"

내가 연거푸 묻자 사내는 손을 뻗어 벽에 달린 스위치를 내렸다. 형광등이 꺼지고 텔레비전에서 뿜어져 나오는 빛만이 실내를 밝힌다. 적당히 어두워지자 사내는 침대로 다가와 시트를 들춘다. 나는 옆으로 조금 이동해서 사내가 누울 자리를 만들어주었다. 침대에 누운 사내는 다시 담배를 한 대 빼물었다.

"그만 피워요."

나는 사내의 입에서 담배를 빼앗았다.

"담배는 섹스에 좋지 않아요."

나는 사내의 몸 위로 올라갔다. 사내는 흠칫 놀라는 기색이었으나 싫은 눈치는 아니었다. 야위었다. 사내의 알몸과 밀착되어 있는 내 몸에 느껴지는 사내의 몸은 야위었다. 관절 부위의 뼈마디가 생생하게 감지될 정도로 사내의 몸은 야위었다. 나는 기분이 좋아졌다. 야윈 사내와의 섹스, 관절과 관절끼리의 교합, 온몸을 관통하는 딱딱한 오르가즘. 나는 체격이 좋은 사람과의 섹스는 달갑지 않다. 조각처럼 잘 다듬어진 근육질 남자는 더 싫다. 그런 상대와의 섹스는 상상 속에서만 좋을 뿐이다. 실제 섹스는 약간의 서투름과 모자람이 있어야 좋다. 겉보기에 완벽한 몸매의 섹스 파트너는 단순하고 강직한 기교만 구사한다. 증기기관차처럼 힘만 좋으면 무얼 하나, 능숙한 피아니스트처럼 내 몸에 매복해 있는 오르가즘의 부위를 죄다 건드려 줄 수 있는 섬세한 섹스 파트너를 나는 원한다. 그런데, 남자들은 어떨까. 자신의 섹스 파트너로 풍만한 여자를 좋아할까, 아니면 나처럼 마른 여자를 좋아할까. 지금 내 밑에 깔려 있는 이 사내는 어떤 스타일을 원할까.

사내는 손을 뻗어 텔레비전을 껐다. 이제 방안은 완벽한 어둠 속에 갇혀버렸다. 창문 너머에서 스며들어오는 거리의 네온사인 불빛만이 실내를 간헐적으로 밝히고 있다. 갑자기 사내가 내 허리를 감싸 안고 돌더니 내 몸 위로 올라왔다. 사내와 나의 위치가 바뀌었다. 나는 눈을 감았다. 사내의 입술이 내 입술을 찾았다. 내 입술을 비집고 들어오는 사내의 혓바닥에서 쓴 담배 냄새가 풍겼다. 사내도 내가 자신의 입술에서 느끼는 그런 기분을 내 입술을 통해 느끼고 있을까. 여자의 입술에서 쓴 담배 냄새를 느낀 남자의 기분은 어떠할까. 남자끼리 키스하는 기분일까.

한창 섹스를 진행하던 사내가 갑자기 행동을 멈추었다.

"왜 그래요?"

내 물음에 사내는 고개를 숙이더니 내 귓전에 대고 가만히 속삭였다.

"좋아?"

피식, 웃음이 나왔다. 이런 순간에도 자신의 남성다움을 확인 받고 싶어 하는 수컷의 본능.

"계속해요."

나는 두 다리로 사내의 허리를 감쌌다. 복숭아 뼈 근처에 느껴지는 사내의 엉치등뼈의 감촉, 뼈와 뼈끼리의 부딪힘. 만약 해골과 섹스를 할 수 있다면, 해골처럼 뼈만 앙상한 남자와 섹스를 한다면, 그때의 기분은 어떨까.

섹스를 끝낸 사내와 나는 담배를 나눠 피웠다.

"담배는 하루에 얼마나 피워?"

사내가 물었다.

"한 갑은 넘고 두 갑은 안 될 걸요?"

"집은 어디지?"

"서울."

"서울이 다 집이야?"

귀찮아지기 시작했다. 나는 입을 다물어버렸다.

"어려 보이는데…… 학교는 안 다녀?"

구역질처럼 울컥 짜증이 일었다.

"왜 그렇게 꼬치꼬치 따져요? 난 따지는 게 제일 싫어요!"

"아니, 나는······."

"제발, 아저씨!"

더는 참을 수가 없었다. 나는 침대에서 일어나 벽에 달린 형광등 스위치를 올렸다. 사내는 반쯤 몸을 일으킨 채 토끼눈을 하고 있었다.

"그냥 잘 수 없어요? 전 피곤해요. 자야 돼요. 더 이상 묻지 마요."

그렇게 쏘아붙인 나는 다시 침대에 누워 시트를 머리끝까지 뒤집어썼다. 잠시 침묵이 흐르더니 침대가 출렁거렸다. 시트를 살짝 내리고 살펴보니 사내가 주섬주섬 옷을 입고 있었다.

"어디 가요?"

사내가 양말까지 꿰신는 것을 보고 나는 자리에서 발딱 일어났다.

"집에."

사내의 대답은 어린아이처럼 멍청하기 짝이 없다.

"편히 자. 인연이 있으면 또 만나겠지."

사내는 그렇게 말하며 희미하게 웃어 보였다.

"아저씨!"

사내가 막 신발을 신고 나가려는 걸 다시 불러 세웠다.

"왜?"

"그냥 가면 어떡해요?"

사내는 멀뚱한 표정으로 눈만 껌뻑였다.

"나 아침 사먹을 돈도 없어요."

내 말에 사내는 반쯤은 어이가 없고 반쯤은 무안한 표정을 짓더니 주머니에서 오천 원짜리 지폐 하나를 꺼냈다.

"미안해. 나도 이것밖에 없어."

돈을 침대모서리에 내려놓고 사내는 방을 나섰다. 방문 손잡이 꼭지를 눌러 잠그는 수고도 잊지 않았다. 사내가 방을 나가자 나는 정신이 멍해졌다. 조금 전의 섹스가, 1초 전까지 이 방에 함께 있던 사내의 존재가, 이전에도 이후에도 영원히 이 세상에 존재하지 않는 것처럼 느껴졌다. 나는 다시 침대에 몸을 눕히며 길게 기지개를 켰다. 이제 나밖에 없는 방안. 내일 아침까지 보장된 독립된 공간. 크게 하품을 하며 눈을 감았다. 밀물처럼 졸음이 번져왔다.

3.

나는 앉아 있다, 굴다리 옆 클럽 의자에. 실내는 텅 비어 있고 머리 위에서 정신없이 돌아가던 조명기도, 귀청을 찢을 듯 시끄러운 음악을 토해 놓던 스피커도 모두 정지된 상태다. 나는 바닥 청소와 테이블 청소를 막 끝낸 참이다. 이제 주방 청소와 화장실 청소만 끝내면 오늘 나의 일과는 끝난다. 나는 잠시 숨을 돌리기 위해 조금 전 청소를 마친 테이블 중 하나에 앉아 있다. 보통 때의 내 자리는 저기, 카운터 뒤의 동그란 의자다. 보통 때, 그러니까 이 클럽의 정규 영업시간에 나는 절대로 이 테이블에 앉을 수 없다. 정규 영업시간에 종업원이 손님의 테이블에 앉는 것은 이곳의 금기사항 중 하나이다. 또 다른 금기사항이 있다. 그것은 절대로 내가 먼저 손님에게 말을 걸면 안 된다는 것이다. 손님이 주문을 하려고 말을 걸 때까지 종업원이 먼저 손님에게 말을 걸 수 없는 게 이곳의 규칙이다. 그 우스꽝스러운 규칙을 정한 이 클럽의 주인은 지금 주방 옆 골방에서 곯아떨어져 있다.

담배를 하나 꺼내 물고 깨끗하게 닦아놓은 재떨이 하나를 앞에 놓는다. 이 재떨이에 재를 떨면 다시 닦아야 하는 귀찮음이 있지만, 그런 귀찮음쯤은 이 달달한 담배 한 대의 사치를 위해 감수하기로 한다. 몽글몽글 담배 연기로 도넛을 만들어 본다. 입을 떠난 도넛은 천장에 이르지 못하고 중간에서 형체를 잃어버린다.

내가 이 클럽에서 아르바이트를 시작한 것은 세 달 전이다. 젊은 여자가 이런 곳에서 서빙과 청소와 카운터 일까지 도맡아하기엔 버겁지 않을 수 없다. 게다가 나는 이곳의 골방에서 자면서 숙직 임무까지 담당하고 있다. 그렇다고 내가 보수를 많이 받거나 이 클럽 주인과 연인으로 얽혀 있는 사이도 아니다. 단지 나는 갈 곳이 없을 뿐이다. 갈 곳이 없기 때문에 이곳에서 일을 하고 밥을 먹고 잠을 자는 것이다. 갈 곳이 없다고 해서 내가 쓸쓸하거나 외로운 감정에 빠져 있는 건 아니다. 갈 곳이 없는 지금의 상태가 나는 좋다. 편하다. 갈 곳이 없다는 건 아무 데도 가지 않아도 된다는 뜻이다. 집에 가지 않아도 되고 학교에 가지 않아도 되니까 그만큼 자유롭고 마음대로 행동할 수 있다. 나는 그런 권리를 선택한 것이다.

왜 사람들은 어릴 때는 부모 밑에 있으면서 학교를 다니고 커서는 취직을 하고 혹은 결혼을 하고 아이를 낳고 살아가는 걸까. 인생의 목표가 내 집 장만이라고 말하는 사람들을 볼 때마다 불쌍하다는 생각이 든다. 왜 사람들은 스스로의 목에다 올가미를 거는 걸까. 그리고 평생 그 올가미에서 벗어나려고 버둥거리는 걸까. 집은 올가미다. 집이 없다는 건 올가미가 없다는 뜻이다. 그래서 나는 '집 없는 천사'라는 말을 좋아한다. 나는 내가 선택한 집 없는 자유를 만끽하고 있다.

재떨이에 담배를 눌러 끄고 화장실로 간다. 화장실은 지저분하기 짝이 없다. 소변기에는 담배꽁초와 씹다버린 껌이 들어 있고 좌변기는 토사물로 가득 차 있고 바닥에도 오물이 널려 있다. 한쪽 구석에 누군가 본드를 흡입하고 버린 것으로 짐작되는 누런 액체가 들어 있는 비닐봉지도 눈에 띈다. 화장실 풍경을 보면 오늘 이 클럽에서 어떤 일들이 벌어졌는지 짐작할 수 있다. 몸을 함부로 굴리는 여자애들. 그런 여자애들 꼬시는 걸 최대 목표로 삼는 남자애들. 그들의 참새처럼 짧은 섹스와 음주와 흡연과 본드 흡입과 가끔 발견되는 마약 사용의 흔적. 처음에는 이런 화장실 풍경을 보고 구역질을 참을 수가 없었다. 세상의 끝이 아마 이럴까. 하지만 이젠 익숙해졌다.

영업시간 중에 담배가 피우고 싶으면 나는 화장실을 이용한다. 그때 마주치는 미니스커트 차림의 여자애들. 그 애들은 수치심이 없는 걸까. 같은 여자이긴 하지만 낯선 이가 보고 있는 데도 그들은 거침없이 팬티를 내리고 생리대를 갈아치우고 피임약을 나누어 먹는다. 그리곤 남자애들 앞에 돌아가면 다시 내숭을 떤다. 여자애들만 꼴불견인 건 아니다. 남자애들도 마찬가지다. 여자애들처럼 뒷머리를 묶고 다니는 건 그런대로 봐줄 수 있다. 그러나 귀고리를 한 남자애들은 정말 밥맛이다. 그런 남자애 항문 속에는 다른 남자애 정액이 들어 있을지도 모른다.

화장실 청소를 마치고 나서 주방으로 간다. 주방에 쌓여 있는 설거지감과 내다버릴 쓰레기까지 말끔히 정리하고 나자 새벽 세 시가 넘었다. 나는 다시 담배를 한 대 빼문다. 요즘 이 클럽을 드나드는 손님 중에 이상한 사람이 하나 있다. 그는 오늘도 왔다. 오늘도 와서 지금 내가 담배를 피우고 있는 바에 앉아서 맥주를 마셨다. 그의 정체가 무언지는 모른다. 처음에는 그저 그런 놈팽이들 중 하나인줄 알았다. 캔 맥주를 홀짝거리다 맘에 드는 여자애가 있으면 서로 눈짓을 주고받고 화장실로 가서 즉석 섹스를 하거나 함께 팔짱을 끼고 모텔로 직행할 궁리나 하는 그저 그런 놈팽이들 중 하나인줄 알았다. 하지만 그는 한 번도 여자들에게 추파를 던진 적이 없다. 그는 항상 겨드랑이에 조그만 노트를 하나 끼고 왔다. 딱 한 번, 그가 이곳에 맨 처음 왔을 때 그 노트에 무언가 끄적거리는 걸

본 적이 있다. 잠시 뒤 그는 노트를 덮어버렸다. 그리곤 그만이었다. 나는 그가 다시 그 노트를 펼치는 걸 본 적이 없다.

처음에 나는 그가 경찰인 줄 알았다. 이 클럽의 영업 상태를 감시하기 위해서 온 경찰인 줄 알았다. 그가 경찰인 줄 알고 그에 대해 귀띔하기 위해 주인이 게임을 하고 있는 골방으로 갔다. 주인은 내 말에 아무렇지도 않다는 표정을 지으며 이렇게 말했다.

"걱정 마. 다 손을 써두고 있으니까."

주인의 말에 나는 더 이상 그의 정체에 대해 신경을 쓰지 않았다. 주인이 걱정을 하지 않는데 내가 걱정을 할 이유는 없다.

내가 자야 할 골방을 차지하고 있는 주인을 깨울까 하다 카페 밖으로 나왔다. 아직 졸리지 않으므로 바람이나 쐬다 들어갈 참이다. 편의점에서 컵라면이나 하나 할까?

인적이 드문 거리에는 희미한 빛을 내뿜는 가로등만 서 있다. 도시의 밤에는 독특한 냄새가 있다. 취객들의 중얼거림과 귀가를 서두르는 사람들의 발걸음과 과속으로 달리는 자동차 엔진 소리에 뒤섞여 풍겨오는 지구의 한 끝이 썩어가는 냄새. 알 수 없다. 세상은 온통 알 수 없는 일들로 뒤죽박죽이다. 내일 나는 어떤 모습으로 아침을 맞을지, 1분 뒤에 내 앞에서 어떤 일이 벌어질지 아무도 알 수 없다.

그 순간, 내가 그러한 생각을 하고 있는 바로 그 순간, 한 사내가 내 앞을 스쳐 지나갔다. 그 사내의 뒷모습이 낯익었다. 나는 사내의 얼굴을 확인하기 위해 한발 앞으로 내디뎠다. 그 순간, 내가 사내를 향해 한발 앞으로 내딛는 바로 그 순간, 손톱으로 유리창을 긁어대는 것처럼 날카로운 마찰음과 함께 택시 한 대가 멎고 내 앞을 지나가던 사내의 몸이 공중으로 3미터 정도 튀어 올랐다가 10여 미터 앞으로 나가 떨어졌다. 바닥에 떨어진 사내의 머리에서 잘 익은 수박이 갈라질 때처럼 쩍! 하는 소리가 나더니 순식간에 시뻘건 핏줄기가 길 위로 번졌다. 나는 정지된 화면 속의 인물처럼 그 자리에 얼어붙어버렸다. 길 위에 쓰러져 피를 흘리고 있는 사내를 향해 달려가는 택시운전사의 발에 차여 작은 노트 한 권이 내 앞으로 굴러왔다. 새벽바람에 펼쳐진 그 노트 속에는 이런 문장이 적혀 있었다.

　―그곳에서 무슨 일이 일어났던가?

겨울
시인

어슴푸레 떠오르는 초등학교 미술시간, 즐겨 그리던 그림이 있었지. 첫눈 내린 들녘처럼 새하얀 도화지 위에 채도가 낮은 순서대로 크레파스를 덧칠해 가다 마지막에는 온통 검은색으로 칠한 뒤 손톱으로 살살 긁어내면 손톱이 긁고 지나간 자리마다 먼저 칠했던 색들이 조금씩 모습을 드러냈지. 전봇대에 이마를 맞댄 채 두 눈을 꼭 감고 '무궁화 꽃이 피었습니다'를 열 번 외치다 뒤돌아서서 어딘가에 몸을 숨기고 있을 친구들을 찾아 나서는 술래처럼 떨리는 마음으로 여기에는 무슨 색이 숨어 있을까, 콧잔등이 닿도록 도화지에 머리를 박고 조심스레 손톱으로 긁어대다 빨간색이 나오면 해를 그리고 초록색이 나오면 풀밭을 그리고 노란색이 나오면 노오란 개나리꽃무덤을 그리고…… 그러다 감당할 수 없을 정도로 많은 색이 한꺼번에 쏟아져 나오면 도화지 이쪽 끝에서 저쪽 끝까지 무지개로 채우곤 했지. 콧잔등에 송글송글 땀이 맺히는 줄도 모

르고 손톱 밑이 온통 크레파스 때로 새까매지는 줄도 모르고 보물
지도를 손에 쥔 탐험가가 되어 온갖 색들이 숨어 있는 도화지 밑
끝없는 상상의 세계 속으로 정신없이 빠져들어 갔지…….

네모 난 유리창 밖, 전원이 나간 텔레비전 브라운관처럼 음울한
빛을 띠고 있는 하늘의 한쪽 끝을 지우며 서서히 눈발이 뿌리고 있
다. 오른쪽에서 왼쪽으로, 위에서 아래로 사선을 그으며 흩날리는
눈발로 인해 그 너머 빌딩과 집과 도로와 가로수들이 겹겹이 서 있
는 세상 풍경은 흰색으로 덧칠해진 도화지 속에 숨어 있는 다른 색
깔들처럼 한쪽 어깨만 살짝 드러내고 있다.
　한쪽 어깨, 만년필 펜촉을 곤추 세우고 그렇게 써 본다. 그러나
쓰여진 것들에 대한 믿음은 여전히 희박하다. 벌써 3주째다. 벌써
3주 동안 나는 하루도 빠트리지 않고 오전 9시부터 오후 6시까지
사각 유리창과 맞댄 책상 앞에 앉아 있다. 서랍이 없는 책상 위에
는 화장품회사에서 홍보용으로 제작한 탁상용 달력과 검은색 잉크
한 병, 채 길들여지지 않은 만년필, 이미 반쯤 뜯겨나간 원고지 한
묶음이 놓여 있다.
　계절과 어울리지 않게 화사한 원피스차림의 여자 모델이 상큼
한 미소를 머금고 있는 사진이 실린 달력 상단에는 '1999년 12월'
이라고 굵은 활자로 인쇄되어 있고, 그 밑에는 1부터 31까지의 숫

자가 네모난 칸 안에 규칙적으로 인쇄되어 있다. 1에서 5까지의 숫자에는 빨간색으로 ×표가 되어 있고, 12의 숫자에는 역시 빨간색으로 동그라미가 그려져 있다. 동그라미를 친 12의 숫자에서 ×표를 한 마지막 숫자를 빼면 7이라는 수가 나온다. 그것으로 나는 마감일자가 일주일밖에 남지 않았다는 걸 알 수 있다. 그 일주일 동안 나는 최소한 세 편의 시를 만들어 내야 한다.

눈발은 서서히 굵어지기 시작한다. 세상이 겨울의 중심을 향해 달려가고 있음을 예감케 하는 눈발은 지상 여기저기에 자신의 분신을 쉴 새 없이 심어놓고 있지만, 나는 텅 비어 있다. 중심이 어디인지도 모른다. 비어 있는 원고지, 비어 있는 가슴. 진공의 머릿속으로 사선을 그으며 거침없이 쏟아져 내리는 눈발 때문에라도 나는 더욱 갈피를 잡을 수가 없다.

누군가 머리에 빨대를 꽂아 의식의 알갱이들을 남김없이 흡입해 가 버린 것처럼 멍한 기분으로 바깥 풍경을 바라보면서 문득 어린 시절 즐겨 그리던 그림을 떠올려 본다. 온갖 색의 크레파스로 밑 색을 칠해 놓고 그 위에 어떤 풍경을 아로새겼던가. 그렇게 아로새겨진 풍경들을 보며 무슨 생각을 했던가.

무언가 생각의 갈피를 젖히고 나타났다고 여겨지는 순간, 재빨리 만년필을 집어 든다. 갓 녹기 시작한 얼음의 표면처럼 매끄러운 원고지 위로 만년필 펜촉이 스치고 지나갈 때마다 검은 선이 만들어진다. 검은 선으로 이루어진 하나의 형체를 완성한 펜촉이 다음 칸으로 옮겨가면, 그것은 하나의 문자가 되어 이미 쓰여진 앞 칸의 문자와, 또는 이제 쓰여질 다음 칸의 문자와 만나 의미를 지닌 단어로 존재하게 된다. 펜촉이 칸 바꿈을 계속하여 단어와 단어가 연속되면 그것은 문장을 이루어 한 영혼의 사고를 담아내는 가치를 부여받게 된다. 검은 액체가 금속의 도구를 빌어 얄팍한 종이 위에 이루어 내는 이 놀라운 사색의 산물.

그러나 한 문장이나 썼을까, 원고지 위를 긁어 내려가던 만년필 쥔 손은 막다른 골목길에 도달해 전진할 길을 잃고 멈칫거린다. 머릿속 생각의 불꽃 가지는 더 이상 타오르지 않는다. 원고지 옆에 만년필을 내려놓고 방금 써 내려간 문장을 읽어본다. 그러면 또 다른 울림이 되살아나서 연이은 구절을 만들어 낼 수도 있으리라 기대하며.

'누군가 내 어깨를 치고 있다'

먹먹하다. 정신의 표현을 원고지 위에 옮겨 놓으면 이처럼 먹먹할 뿐이다. 나는 그 문장을 입속으로 굴려 본다. 신분을 확인할 수 없는 어떤 사람이 아무 이유 없이 내 어깨를 치고 있다. 그게 어쨌단 말인가. 물론 이 한 문장만으로 시가 이루어지는 것은 아니다. 앞뒤에 또 다른 문장이 이어짐으로써 다섯 단어로 이루어진 이 평범한 문장은 두꺼운 백과사전보다 더 많은 의미를 지닌 문장이 될 수도 있다.

하지만 내 머리 속은 이 단 한 줄의 문장을 토해 놓고 마른 행주처럼 뻣뻣하게 굳어 버렸다. 담배를 한 대 피워 물고 열심히 생각의 바퀴를 굴려 보았지만 의미는 더 이상 찍혀 나오지 않는다.

빌어먹을, 나는 원고지를 잡아 찢어 책상 옆 쓰레기통으로 던져 넣는다. 쓰레기통으로 던진 원고지는 이미 용량을 초과해 쌓여 있는 다른 파지와 부딪혀 바닥으로 떨어진다. 쓰레기통을 비우고 올까 하다가 그만 포기하고 만다. 비우면 뭘 해, 이내 그만한 높이로 다시 쌓이고 말 걸. 곰곰 따져 보니 지난 3주 동안 내가 이 방에서 열심히 한 거라곤 하루에도 몇 번씩 파지로 가득 찬 쓰레기통을 비우는 일밖에 없다는 생각이 든다. 아무런 소득도 남기지 못한 채 흘려보낸 삼백서른여섯 시간의 세월, 수십 개의 쓰레기통 분량만큼 뜯겨져 나간 의식의 찌꺼기들.

―찌리리링!

예고 없이 맨살을 파고드는 주사바늘처럼 전화벨이 울렸다.

"접니다."

그 사내였다. 전화기 속에서 들려오는 목소리의 주인공이 그 사내임을 확인한 나는 책상 옆에 풀어놓은 손목시계를 들여다본다. 6시 5분 전, 1분 1초도 틀리지 않고 항상 이 시간이다.

"시간이 됐군요."

사내의 다짐이 없더라도 방을 비워줘야 할 시간이 되었음을 나는 안다. 전화기를 내려놓고 만년필 뚜껑을 닫은 후, 의자에서 일어나 문 옆 옷걸이에 걸려 있는 외투를 집어 든다. 쓰레기통은 내일 비우기로 하자. 불을 끄고 밖으로 나와 문을 잠근 다음 복도를 걸어 엘리베이터 앞으로 갔다.

창백한 형광등 불빛으로 인해 복도는 한없이 추워 보였다. 공룡의 창자 속 같은 복도를 걸어가며 문득 사내의 목소리에 어제와는 다른 느낌이 묻어 있었다는 생각을 한다. 틀림없이 그랬다. 시간이 됐군요, 라고 말하는 그 음성에 비웃음이 묻어 있었다. 전에는 결코 그런 목소리가 아니었다. 비웃음은커녕, 얼마나 정중하고 부드러웠던가.

엘리베이터 문 위에는 화투장 크기의 아크릴판 20개가 붙어 있다. 그 판에는 1에서 20까지의 숫자가 차례대로 쓰여 있다. 그 중 18의 숫자에 불이 들어오면 엘리베이터의 문은 열릴 것이다.

그런데, 왜 오늘 사내의 음성이 전과 다르다고 느껴졌을까. 아니, 왜 오늘 사내는 어제와는 확연히 다른 태도로 방을 비워줄 시간이 되었음을 알리는 전화를 했을까. 나는 눈앞에서 배를 가르고 자신의 속을 내보이고 있는 엘리베이터 속으로 몸을 밀어 넣으며 고개를 저었다. 모호한 상념은 정말 피곤하다.

장시간 밀폐된 공간에 갇혀 있다 밖으로 나오면 잠시 동안 정신이 멍해진다. 이 엘리베이터를 타면 내가 조금 전까지 18층에 있었다는 사실을 망각하고 지금 이 엘리베이터가 땅속으로 한없이 추락하고 있는 것은 아닌가. 그리하여 백열전구처럼 생긴 눈을 가진 난쟁이들이 살고 있는 지하세계에 나를 내려놓는 것은 아닌가 하는 착각에 빠지곤 한다. 그러다 문이 열리고 도착한 곳이 변함없이 털 없는 원숭이들이 살고 있는 땅 위라는 걸 확인하고 나면 안도감과 함께 묘한 아쉬움이 밀려오곤 한다. 만약 시간의 승강기 같은 것이 있다면. 그리하여 한없이 수직 하강하여 초등학교 미술시간 책상 앞으로 되돌아가 앉을 수 있다면.

"이제 가슈?"

오피스텔 관리인이 내가 내민 열쇠를 받아들며 예의 그 두툼한 입술만으로 웃는 웃음을 지어 보였다. 일기예보를 하고 있는지 문이 반쯤 열린 관리실 안에 놓인 텔레비전에서는 낯익은 아나운서가 눈 내리는 거리에 서서 뭐라고 떠드는 모습이 방영되고 있었다.

오피스텔 대형 유리문을 열고 나서자 수많은 눈발들이 온몸으로 달려들었다. 그 서슬에 절로 몸이 움츠려 들고 눈살이 찌푸려졌다. 마치 수많은 적들을 상대로 한 싸움터에 홀로 내던져진 기분이었다.

어디로 갈까…….

외투 깃을 세우고 주머니 속에 손을 찔러 넣었다. 따끈한 오뎅 국물에 소주라도 한 잔 하고 싶었다. 하지만 주머니 속에서 만져지는 것은 겨울의 심장처럼 차가운 동전 몇 개 뿐. 고개를 들어 방금 내가 빠져 나온 건물을 올려다보았다. 어둠과 몸을 섞으며 난무하고 있는 눈발 속에 휘황하게 불 밝히고 있는 거대한 콘크리트 건물은 수백 개의 눈알을 가진 괴물 같았다. 나는 버스 정류장을 향해 허적허적 걸어가기 시작했다.

좌석을 차지하지 못한 승객들은 희뿌연 실내등 아래 정육점 진열장에 매달린 고기처럼 창백한 얼굴을 하고 서 있다. 나도 손잡이를 잡고 정육점 고기가 되어 섰다. 버스는 좀처럼 시원스레 달리지 못하고 자꾸만 멈췄다가 출발하고 멈췄다가 출발하는 일을 반복한다. 그때마다 사람들은 좌우로 힘없이 요동친다. 퇴근길이라 거리가 붐비는 탓도 있겠지만 갑작스런 폭설로 인해 버스는 평상시보다 훨씬 더디게 움직였다.

갑자기 목구멍 저 깊은 곳으로부터 구역질처럼 울컥 짜증이 치민다. 버스 유리창에 가득 낀 성에 때문에 바깥 사정을 확인할 수 없어서 더욱 그런지 모른다. 아니면 무의미하게 하루를 보내고 돌아가는 스스로를 향한 혐오인지도 모른다. 버스는 여전히 시원스레 달릴 기미가 없다. 집으로 돌아가는 길은 아직도 멀고 오늘 따라 유난히 힘들게 느껴진다.

세상에는 돌아가야 할 일들이 도처에 널려 있다. 아침부터 저녁까지 일과에 시달린 사람들은 퇴근하면 집으로 돌아가야 한다. 기다려 주는 누군가가 있는 사람은 자신을 위해 준비된 밥상과 마주하지만, 그렇지 못한 사람은 식은 밥 한 덩이를 물에 말아 일용할 양식으로 삼고 내일 하루의 노동을 위하여 잠자리에 든다. 그리고 이튿날, 속옷을 갈아입고 양치질을 하고 만원버스에 실려 출근부 빈칸이 기다리고 있는 회사로 돌아가야 한다. 그렇게 하루하루를 붕어빵처럼 판에 박힌 삶을 살다가 명절이 되면 자신을 낳아준 고향으로 돌아가기 위해 장례행렬처럼 길고 지루한 귀성인파에 몸을 섞는다.

도착시간도 출발시간도 알 수 없는 시골 완행버스처럼 이리저리 삶의 지뢰밭을 헤매고 다니다가 마침내 이승에서의 명이 다하게 되면 차가운 흙속으로 되돌아가야 한다. 그 영원한 잠의 베개를 베고서야 비로소 다시는 돌아오지 않아도 되는 곳으로 돌아가는 것이다. 그렇게 되기까지 돌아감과 돌아옴의 동아줄 위에서 얼마나 많은 곡예를 해야 하는지. 인생이 유원지의 회전목마 같은 것이라면 아직 타야할 시간이 남아있다 해도 이젠 그만 내리고 싶다. 내 삶의 오선지 위에 그려져 있는 저 숱한 도돌이표들을 몽땅 지워버리고 싶다.

"젠장, 또 속 썩이는군."

눈길 위를 위태롭게 달려가던 버스가 스르르 멎더니 운전사의 입에서 욕설이 튀어나왔다. 사이드 브레이크를 채우고 밖으로 나간 운전사는 좀처럼 돌아올 줄을 몰랐다. 버스 안으로 기다림의 시간이 고여 드는 동안 승객들의 안색은 더욱 창백해진다.

"다음 버스 타슈. 고장이유."

한참 만에 차내로 돌아온 운전사는 그렇게 툭 내뱉더니 아예 시동을 꺼 버렸다.

"뭐야, 이거."

"재수 더럽게 없군."

쓰레기통에 내버려진 휴지 같은 표정이 된 승객들은 자신에게 닥친 이 사소한 불행에 대해 한 마디씩 불평을 내뱉으며 버스에서 내렸다. 버스가 멈춘 곳은 집에서 세 정거장 떨어진 곳이었다. 나는 집을 향해 천천히 걸어가기 시작했다. 어쨌든, 나는 눈발을 머금은 바람에 머리를 헹구며 어금니를 다져 물었다. 어쨌든, 돌아갈 곳이 있다는 것은 오늘 같은 밤에는 다행한 일이 아닌가. 예서 주저앉을 수는 없다. 뜻한 것을 이루는 그날까지는 절대로 허물어져서는 안 된다.

골목은 어둠침침했다. 하루 종일 먹이를 찾아 배회하다 돌아오는 두더지처럼 나는 어두침침한 골목을 거슬러 올라 집으로 들어섰다. 비좁은 마당에는 미처 쓸어내지 못한 눈이 탐스럽게 쌓여 있고 어머니가 누워 있을 건넌방에서 새어나오는 불빛이 그 눈 위에 손수건처럼 던져져 있다. 나는 마루에 앉아 신발을 벗으며 흘깃 안방을 건너다보았다. 주인 내외가 기거하고 있는 안방에는 불이 꺼져 있다. 첫눈 내리는 저녁의 근사한 외식을 위해 외출한 것일까.

"왔냐?"

마루로 올라서자 어머니의 갈라진 목소리가 방안에서 흘러나왔다.

"예."

나는 신음처럼 대답하며 쓸데없이 큰 덩치로 인해 마루로 내쫓긴 옷장 문을 열고 외투를 걸었다.

"저녁은 먹었냐?"

두어 번의 기침 소리와 함께 다시 어머니의 목소리가 들려왔다.

"예."

다시 건성으로 대답하며 옷장 문을 닫고 그 옆에 세워 놓은 병풍을 꺼내 마루 끝에 펼쳐 세웠다. 평소에는 옷장 뒷켠에 처박혀 먼지만 뒤집어쓰고 있는 이 병풍이 겨울 한철에는 나의 침실에 유용한 바람막이로 쓰인다.

"날도 추운데 오늘은 들어와 자거라."

양말도 벗지 않은 채 입은 옷 그대로 이부자리 속으로 들어가자 온몸에 소름이 돋았다. 나는 어금니를 질끈 깨물며 최대한 몸을 웅크렸다. 이제 잠시 후 이불 속으로 체온이 퍼지면 그런 대로 견딜 만 하리라.

"주무세요."

방을 향해 그렇게 말하고 눈을 감았다.

"들어와 자래두."

어머니가 다시 한 번 채근했다. 그러나 나는 아무런 대답도 하지 않았다. 아무리 어금니를 다져 물으려 해도 절로 입이 벌어지며 아래위 이빨이 딱딱 맞부딪치는 건 어쩔 수가 없었다. 어머니의 채근이 아니더라도 당장에 방안으로 뛰어 들어가 뜨끈뜨끈한 아랫목에 몸을 눕히고 싶다는 생각이 간절했다. 하지만 나는 더욱 몸을 웅크리는 것으로 그 생각을 대신했다.

"이것만은 안 된다."

작년 겨울, 그때도 첫눈이 내릴 무렵이었다. 한데나 다름없는 마룻잠을 도저히 잘 수가 없어서 방안에 있는 장롱을 내다 버리기로 마음먹었다. 방을 반이나 차지하고 있는 장롱이 버티고 있는 한 어머니 한 사람도 제대로 두 발을 뻗고 눕기가 불편한 형편이었다. 내가 어머니 옆에서 새우잠이라도 자려면 장롱을 들어내야만 했다. 마루에는 옷장이 있어서 장롱이 들어앉을 자리가 없었다. 그렇다고 마당에 내놓으려니 주인집 눈치가 보이고, 결국 길거리에 내다 버리는 게 가장 좋은 방법이었다. 그런데 그런 나의 결정에 어머니는 결사적으로 반대하고 나섰다.

"절대로 이것만은 안 된다."

어머니가 시집올 때 가져왔다는 그 장롱은 만든 지 삼십 년이 넘은 것이었다. 겉면은 하도 때가 타서 검은색 구두약을 바른 것처럼 반지르하고 미닫이 문짝은 고장이 나서 문을 열고 닫을 때마다 문짝을 뗐다 붙였다 해야 할 정도였다. 한 마디로 고물장수도 웃돈을 줘야 가져갈까 말까 한 고물 중의 상 고물이었다.

"버리자구요! 이제 고집 좀 그만 부리세요!"

어머니의 완강한 태도는 어제오늘의 일이 아니었건만, 그날 나는 스스로를 이해할 수 없을 만큼 화가 나 있었다. 이제 더는 장롱 같은 것에 기대어 살지 않겠다는 뜻이었을까. 장롱을 들어내고 집 안을 감싸고 있는 과거의 흔적을 말끔히 닦아낸 다음 새롭게 살아 보자는 다짐이 잘못 표현된 것이었다는 생각이 후에 들기는 했지만, 확실히 그날은 과격했다.

"차라리 내가 마루에서 자마. 하지만 이것만은 절대로 내다 버릴 수 없다."

문짝을 뜯어내는 내 팔목을 잡고 어머니는 숫제 사정을 했다. 어머니의 그런 모습을 보자 나는 더욱 격렬해지지 않을 수 없었다.

"아버지는 돌아오지 않아요. 아시겠어요? 이따위 장롱을 간직하고 있다고 해서 세상이 싫어서 자취를 감춘 아버지가 돌아오지는 않는다구요!"

"그래도…… 네 아버지 손때가 묻어 있는 것은 그것 하난데……."

어머니는 내 팔을 부여잡고 놓지 않았다. 누렇게 뜬 얼굴, 핏기 하나 없이 창백한 낯빛. 그 얼굴은 아버지가 말 한 마디 없이 집을 나가 버린 뒤 십여 년의 세월을 어머니가 마지못해 살아왔다는 증

거였다.

아버지는 처음부터 세상에 정을 붙이고 살만한 사람이 못되었다. 아버지를 한 마디로 표현한다면 정처 없음, 그 자체였다. 어디먼 곳에 정신을 놓아두고 육체만 식구들 곁에 간신히 내려놓고 있는 사람이었다. 내 기억 속에 남아 있는 아버지는 걸핏하면 아무런 통보 없이 집을 나가서 며칠씩 돌아오지 않기가 일쑤인 사람이었다. 한 달이나 두 달 만에 돌아온 아버지는 몰골은 말할 것도 없고 정신마저 열대의 사막처럼 메말라 있었다. 그렇게 몇 번의 가출과 귀가를 반복하던 아버지는 어느 날 홀연히 집을 나가더니 영영 돌아오지 않았다. 이제 와서 생각하면 아버지는 진즉 이 북적대는 세상을 떠나 어디 산 속에라도 들어갔어야 할 사람이었다. 아마도 어머니는 그런 아버지를 옆에 붙잡아 두고 있는 게 못내 미안해서 그렇게 헌신적이었는지도 몰랐다.

그날 내가 기어이 장롱에 달려 있는 거울을 깨부수고야 물러났던 것은 아버지의 흰 얼굴과 낮은 음성, 차가운 바람이 일 정도로 가족에게 무심했던 모습이 떠올라서가 아니었다. 사실을 말하자면, 그토록 증오했던 아버지의 모습을 장롱 거울에 비친 나에게서 보았기 때문이었다. 그랬다. 어쩔 수 없이 나는, 아버지와 꼭 닮아 있었다. 내가 더욱 못 견뎌 한 것은 외양의 닮음이 아니라, 그 정처 없는 마음의 닮음이었다.

한참 만에 방안의 불이 꺼지고 사방은 어둠에 휩싸였다. 한쪽 눈을 뜨고 손목시계를 들여다봤다. 야광액이 칠해진 시침은 12의 숫자에서 오른쪽으로 약간 비껴 있다. 주인집 내외는 아직 돌아오지 않았다. 대문 밖에서 웅성거리는 바람의 발자국 소리가 더욱 가깝게 들려왔다. 나는 어둠의 이불에 몸을 맡기고 다시 눈을 감았다. 그 어둠과 함께 세상의 모든 소리들이 서서히 잦아들고 있었다.

내가 방을 구하기로 작정한 것은 신문마다 신춘문예 작품모집 공고가 실리기 시작한 날에서 며칠이 지난 뒤였다.

'참신한 신예작가를 찾습니다!'

해마다 이맘때면 수많은 문학 지망생들의 가슴을 설레게 하는 한 줄의 문장. 새해 첫날, 수백만의 눈동자가 지켜보는 신문지상에 커다란 활자로 찍혀 나오는 자신의 이름과 작품. 그것은 작가가 되기로 마음먹은 사람이라면 누구나 한 번쯤은 꿈꿔 보는 화려한 신고식일 것이다. 그러나 내게 그것은 가슴 뜨거운 설렘이거나 장밋빛 환상으로 기억되지 않는다. 일년에 한 번은 반드시 감당해야 할 고통스런 통과의례일 뿐이다.

"또 그 병이 도진 게로구나."

반년 넘게 백수로 지내다 어렵사리 구한 직장을 석 달 만에 그만 두고 신춘문예공고가 실린 신문을 사들고 귀가하던 날, 어머니는 그렇게 말했다. 그렇다. 그것은 해마다 이맘때면 어김없이 찾아드는 철새 같은 병이었다. 매번 이번이 마지막이라고 생각하면서도 나는 아직 그 마지막을 실행하지 못했다. 어쩌면 영영 그 마지막은 없을지도 모른다. 삼백예순다섯 날의 엉키고 뒤섞인 삶을 걸러내는 이 작업마저 없다면 어떻게 종말을 향한 유혹을 견뎌낼 수 있을 것인가.

이번이 진짜 마지막이다, 라고 나는 다짐했다. 이번을 끝으로 다시는 그런 바보 같은 유혹에 몸과 마음을 탕진하지 않으리라. 비루했던 지난 세기를 떨쳐버리고 새로운 밀레니엄을 장식하는 첫 시인이 되고 말리라.

이튿날 나는 검은색 잉크 한 병과 만년필 한 자루, 원고지 몇 묶음을 사고 신문에 광고를 냈다.

'한 달 동안 무료로 방을 빌려주실 분을 찾습니다―작가'

광고를 낸 곳은 길거리에서 쉽게 구할 수 있는 생활정보지였다. 중고물품과 부동산 정보를 주로 게재하고 있는 그 정보지에 한 줄짜리 광고를 실었다. '무료'라는 말과 '작가'라는 말이 조금 낯간지러웠지만 언젠가 그 신문에서 '자동차 무료로 주실 분'이라는 광고를 본 기억이 나서 염치 불구하고 그렇게 써넣었다. 아니, 염치를 떠나서 내 형편으론 그렇게 문안을 작성할 수밖에 없었다.

"방을 구하신다구요?"

첫날은 광고 효과에 대한 기대감으로 들떠 있다가 차츰 절망적인 기분에 젖어 들어가고 있던 이튿날 저녁, 한 통의 전화가 왔다.

"네, 한 달 동안만 무료로 쓸 방이 필요합니다."

상대의 첫마디를 듣고 내가 낸 광고를 읽고 전화한 사람이라는 걸 깨닫는 순간, 가벼운 흥분으로 몸이 떨려왔다.

"작가시라구요?"

전화기 저편에서 들려오는 목소리의 주인공은 30대 중반은 됐음직한 사내였다.

"작가는 아니고 작가지망생입니다."

엉겁결에 그렇게 말해 놓고 후회했다. 광고 문안이 거짓말이었음을 자인한 꼴이 되어 버렸으니 사내가 실망이라도 하면 어떡하지? 하지만 뒤이어 들려온 사내의 말은 그런 걱정을 말끔히 해소시켜주었다.

"아무튼 좋습니다. 방을 빌려 드리지요."

"고맙습니다."

"대신 시간은 오전 9시부터 오후 6시까지입니다. 그건 꼭 지켜주셔야 합니다."

"알겠습니다. 꼭 지키겠습니다. 이 은혜를 어떻게 갚아야 할지……."

"은혜라뇨. 낮 동안 쓸모없이 비어 있는 방을 빌려 드리는 것뿐인데요. 지금은 다른 길을 가고 있지만 저도 한때는 작가지망생이었습니다."

자신의 오피스텔 위치를 가르쳐 준 뒤, 열쇠는 오피스텔 관리인을 통해 주고받자는 말을 하고 사내는 전화를 끊었다. 마지막으로 다시 한 번 '시간은 오전 9시부터 오후 6시까지입니다'라는 다짐을 하고서.

시작은 괜찮았다. 마지막 투고를 위한 한 달의 기간, 홀로 쓸 수 있는 방이 주어진 것으로 나는 다소 들떠 있었다. 할 수만 있다면 한 달을 다 내던져서 마음속에 엉겨 있는 먼지들을 모두 털어 내고 싶었다. 그런 다음, 시 따위는 쳐다보지도 않고 남은 생을 당당히 살고 싶었다. 나는 결코 아버지처럼 살지는 않으리라. 그날 밤, 나는 좀처럼 깊은 잠을 이룰 수가 없었다. 그것은 마루 위로 서슴없이 올라서는 겨울바람 때문만은 아니었다.

세상의 마지막 날이 멀지 않은 모양이다. 연 사흘째 폭설이 내리고 있다. 다시는 겨울을 맞지 않으려는지 하늘은 얼음의 화살을 무수히 쏘아대고 있다.

사흘 동안 나는 겨우 한 편의 시를 완성했다. 20행이 조금 넘는 그 시 한 편을 완성하기 위해 얼마나 많은 파지를 만들었는지 모른다. 오늘만 해도 쓰레기통을 세 번이나 비웠다. 쓰레기통을 비우러 복도로 나갔다 올 때마다 이렇게 쓰레기로 버려지는 원고지의 100분의 1만이라도 제대로 된 시어를 건질 수 있으면 얼마나 좋을까. 하지만 이놈의 일은 노동량과 비례하지 않는다. 몰두하는 시간과도 상관없다. 병 속의 잉크는 이제 반쯤 남았고 원고지는 벌써 네 묶음이나 파지로 변해버렸다.

다시 쓰레기통을 비우러 방을 나갔을 때였다. 고래 뱃속처럼 쾡한 복도를 울리며 어디선가 전화벨 소리가 들려왔다. 대여섯 번 반복되는 소리에도 불구하고 전화 받는 기척이 없었다. 문득 이상한 느낌이 들어 가만히 귀 기울여 보니 내 방에서 나는 소리였다. 나는 부리나케 방으로 뛰어갔다.

"안녕하시오."

가쁜 숨을 몰아쉬며 전화기를 들자 귀에 익은 사내의 목소리가 들려왔다. 이 방의 주인 사내였다. 나는 반사적으로 손목시계를 들여다봤다. 사내가 방을 비워달라고 채근하기에는 아직 이른 시각이었다.

"작업은 잘 되어 갑니까?"

사내의 말이 나의 시 쓰는 일에 관한 질문이라는 걸 알아차리는 데는 오랜 시간이 걸리지 않았다.

"덕분에 그럭저럭……."

나는 건성으로 대답하며 천천히 책상 앞 의자에 앉았다.

"돌아갈 수 없는 그리운 땅을 위하여…… 참 좋습디다."

사내의 말에 나는 의자에서 벌떡 일어나고 말았다. 그것은 어제 저녁에 겨우 완성한 시의 제목이었다. 그걸 사내가 어떻게 알고 있는 걸까.

"어제는 쓰레기통을 비우지 않고 가셨더군요. 그래서 본의 아니게 몇 줄 훔쳐보게 되었습니다. 누구인가, 오랜 친구처럼 내 어깨 위에 쌓이고 있는 이 눈은. 또 어느 슬픈 죽음이 삐라처럼 흩날리고 있는가…… 하는 대목은 감상적이긴 하지만 아주 나쁘진 않더군요."

몇 줄 안 되는 문장이지만 사내는 정확히 기억하고 있었다. 어쩌면 전화기 저편에서 내가 버린 파지를 읽고 있는 것인지도 모른다.

"특별한 용건이 없으면 끊겠습니다."

나는 퉁명스럽게 내뱉었다. 사내의 목소리를 듣고 있기가 불편했다.

"실례되는 말이지만, 공들이는 것에 비해 결과가 너무 빈약하지 않나 해서요. 대체 아직도 시를 쓰는 이유가 아니, 쓰려고 하는 이유가 뭘까요?"

사내의 질문은 누구를 향한 것인지 분명치가 않았다. 그러나 나는 이미 마음을 상한 뒤였다.

"어쨌거나 한 달은 영원한 시간이 아니니까, 한 번 열심히 해보십시오."

"충고 고맙습니다."

사내의 마지막 말은 제대로 귀에 들어오지도 않았다. 어떻게 마무리했는지도 모르게 통화를 마치고 나자, 그때까지 손에 들고 있던 쓰레기통이 눈에 들어왔다. 나는 아랫입술을 깨물며 이미 내용물을 반 이상 복도에 쏟아 버린 쓰레기통을 바닥에 내동댕이쳤다. 대체 그는 무슨 소리를 하고 있는 것인가. 이제 사내의 음성에 묻은 경멸의 감정은 고스란히 확인된 셈이지만, 그러나 왜?

사내는 쓰레기통을 통해 내 존재를 들여다본다. 그리고 그는 쓰레기통 속의 내 존재를 경멸하기로 마음먹었음이 분명하다. 그가 경멸하는 대상은 '나'인가, '시'인가.

얼마나 시간이 흘렀을까. 사내와의 통화로 인해 일어난 화를 삭일 작정으로 무작정 만년필을 잡았던 나는 뜻밖에도 시 한 편을 건질 수 있었다. 마지막 문장에 마침표를 찍고 원고지 상단에 일련번호까지 매겨 넣었을 무렵 다시 전화벨이 울렸다. 나는 만년필 뚜껑을 닫으며 전화기를 노려보았다. 분명 그 사내이리라.

"여보세요."

착 가라앉은 목소리로 전화를 받으며 이번에는 내 쪽에서 사내를 당황하게 만들 말이 뭐 없을지 재빨리 머리를 굴려보았다.

"나다."

전화기 속에서 튀어나온 걸걸한 목소리의 주인공은 그 사내가 아니었다.

"누구시죠?"

"나야, 창수. 이젠 목소리도 잊어 버렸구나. 소식도 없이 처박혀 있길래 죽은 줄만 알았다."

창수는 대학동창이었다.

"이 전화번호는 어떻게 알았냐?"

녀석의 인사에 대꾸하는 것도 잊고 나는 대뜸 그렇게 물었다.

"네 어머니가 안 가르쳐 주려는 걸 설득하느라 애 꽤나 먹었다."

처음에는 이곳의 전화번호를 아무에게도 알려주지 않았다. 남의 방을 빌려 쓰는 처지인데다 쓸데없는 전화가 오면 시 쓰는데 방해만 되기 때문이었다. 어머니에게 아주 중요한 일이 아니면 연락하지 말라는 다짐을 두어 번이나 한 다음 이곳의 전화번호를 알려드린 건 오늘 아침이었다. 어젯밤에 방문 너머로 들려오던 어머니의 기침 소리가 예사롭지 않아서였다.

"오늘 좀 만나자."

"안 돼, 나 바빠. 나중에 내가 연락할게."

"아무리 바빠도 시간 좀 내. 돈 되는 일이니까."

녀석의 마지막 말이 전화기를 내려놓으려던 내 손목을 붙잡았다. 돈 되는 일.

시를 쓴답시고 직장을 때려치운 지도 한 달이 다 되어간다. 어머니의 건강 상태로는 내일이라도 당장 목돈 들어갈 일이 생길 수도 있는 상황이었다. 신춘문예에 당선만 되면 상금으로 얼마간 버텨

볼 수는 있겠지만 아직은 희망사항일 뿐이다.

내키지 않았지만 어쩔 수 없이 녀석과 만날 약속을 하고 전화를 끊었다. 책상 위에 놓인 달력에는 이미 10까지 ×표가 쳐 있다. 이제 마감 날짜까지는 이틀밖에 남지 않은 셈이었다.

나는 달력에서 눈을 떼고 하얗게 비어 있는 새 원고지 옆에 등을 보이며 엎어져 있는 원고지를 바라보았다. 그 원고지 앞면에는 두 편의 시가 정서되어 있다. 한 편의 시만 더 만들어 내면 응모편수를 채울 수 있는 것이다. 까짓것, 이틀 동안 시 한 편 못 쓰랴. 나는 스스로를 안심시키며 의자에서 일어났다.

"어제도 잘 읽었습니다. 역시 별다른 진전은 없는 것 같더군요."

사내에게서 다시 전화가 걸려온 것은 다음날 점심 무렵이었다. 그제야 나는 어제 창수와의 약속에 늦지 않으려고 서두르다 쓰레기통 비우는 일을 다시 깜빡했음을 깨달았다.

"왜 이러는 겁니까. 도대체 무엇 때문에 남의 사생활에 이토록 신경을 쓰는 거죠?"

나는 더 이상 참지 못하고 소리쳤다. 전화기 저편의 사내는 여전히 여유 만만한 목소리였다.

"너무 화내실 필요는 없습니다. 한때 비슷한 꿈을 꾸었던 사람으로서 드리고 싶은 충고이니까."

"그런 충고 따위는 필요 없소."

전화기를 내동댕이친 나는 쓰레기통을 들고 복도로 달려 나가 통째로 버렸다. 방으로 돌아와 책상 위에 널려 있는 원고지를 챙겼다. 혹시 내가 쓴 시 구절이 책상 위에 묻어 있지는 않을까. 이 방 어딘가에 내 시의 흔적이 고스란히 남아 있는 건 아닐까.

나는 걸레를 들고 박박 소리가 날 정도로 책상 위를 닦았다. 책상을 다 닦고 난 뒤에는 의자를 열심히 문질렀다. 그 다음에는 옷장, 책꽂이, 싱크대까지 방안에 있는 모든 가구란 가구를 열심히 닦기 시작했다. 이 방 어디에도 나의 흔적을 남겨 놓아서는 안 된다. 어쩌면 사내는 이 방 어딘가에 찍혀 있을 나의 지문 하나에서도 내 시를 온전히 훔쳐낼 수 있을지도 모른다. 나는 무릎을 꿇고 바닥을 닦아내기 시작했다.

얼마나 오래 바닥을 기면서 티끌만한 자취 하나까지 없애기 위해 몰두했을까. 불현듯 허탈한 생각이 들었다. 과연 내가 쓴 시 속에 이토록 열심히 감추어야 할 비밀이 숨어 있던가. 무릎을 꿇어가면서까지 닦아내야 할 정도로 대단한 의미가 담겨 있던가.

나는 바닥에서 일어나 원고뭉치를 가방 속에 쑤셔 넣고 도망치듯 방을 빠져나왔다. 더 이상 그 방에 머물러 있다간 가슴 속 인내와 다짐의 방어선이 무너져 내릴 것만 같았다.

엘리베이터를 타고 1층으로 내려와 관리인에게 던지듯 열쇠를 건네주고 거리로 나서자 변함없는 눈발이 반갑게 날아와 안겼다.

코트 깃을 세우고 주머니에 손을 찔렀다. 그러자 웬 봉투 하나가 주머니 속에서 만지작거렸다. 꺼내 보니 어제 창수가 넣어준 봉투였다.

"원고 하나 써주라."

귀에 익은 크리스마스 캐럴이 흘러나오고 있는 생맥주집 탁자를 마주하고 앉자마자 창수는 용건부터 꺼냈다.

"원고?"

내 물음에 대한 대답 대신 녀석은 술병과 안주 접시로 어지러운 탁자 위에 팸플릿 뭉치를 올려놓았다. 몇 개 뒤적여 보니 어느 유명 정치인의 홍보물이었다.

"나 요즘 정치광고 하고 있는데 이번 총선에 출마하는 후보의 홍보물을 따냈어. 그거 따내려고 구두 밑창을 몇 개나 갈았는지 아냐. 일주일 안에 정책홍보물을 하나 만들어야 해. 어렵게 생각할 건 없고 여기 있는 것 중에서 괜찮은 대목만 뽑아내서 그럴 듯하게 정리하면 돼. 원고료는 후하게 쳐줄게."

"못해."

나는 단호하게 거부했다. 신춘문예 마감이 이틀밖에 남지 않았다. 이번이 마지막이다. 지금 내겐 그 어떤 일보다도 시를 쓰는 일이 중요하다.

"친구 하나 살려주는 셈치고 좀 도와주라."

녀석은 내 손목을 움켜쥐고 사정조로 얘기했다. 나는 묵묵히 술

잔만 들이켰다.

"너, 요즘도 시 쓰냐? 아직도 원고지에 연필로 꾹꾹 눌러쓰는 손글씨로?"

한참이나 어르고 달래도 아무런 반응이 없자 갑자기 녀석이 안색을 바꾸며 차가운 어조로 말했다.

"정신 차려, 임마. 그깟 시 몇 줄 끄적거린다고 돈이 나오냐 밥이 나오냐? 그런 건 등 따시고 배부른 사람들이나 하는 고상한 수작이야."

나는 연필이 아니라 만년필로 쓴다, 고 따지려다가 멈칫했다. 아까 낮에 전화를 걸어온 사내의 얼굴이 녀석의 얼굴 위로 겹쳐졌던 것이다. 빌어먹을, 나는 앞에 놓인 술잔을 녀석의 얼굴을 향해 내던지고 싶었다.

"제발 부탁한다. 이번 일 잘 되면 내가 한턱 쏠게. 너만 믿는다. 이틀 뒤에 연락할게."

녀석은 내가 대꾸할 틈도 주지 않고 빠르게 말하더니 호주머니 속에 봉투 하나를 쓱 집어넣어 주고는 술집을 나가 버렸다.

나는 봉투를 다시 주머니 속에 넣고 천천히 걷기 시작했다. 생각 같아서는 당장 녀석을 불러내 면전에다 그 봉투를 내던지고 싶었다. 하지만 머릿속으로 떠오르는 풍경 하나가 마음에 걸렸다.

찬바람이 불어대는 마당. 그 마당과 잇대어져 있는 병풍 쳐진 마루. 끊어질 듯 끊어질 듯 이어지는 기침 소리. 그곳은 오늘밤 내가 돌아가 시린 발목을 녹여야 할 지상 위의 유일한 공간이었다. 그 풍경을 지우며 또 다른 풍경이 떠올랐다. 두 편의 시가 만들어져 있는 원고지와 나머지 한 편의 시가 완성되기를 기다리는 빈 원고지.

머릿속에서 번갈아 떠오르는 그 두 풍경은 현실의 저울 위에 올려놓아진 봉투의 무게를 내 몸에서 쉽사리 덜어내지 못하게 만들었다. 저울 위에 병풍 쳐진 마루가 있는 풍경을 올려놓는다. 추가 휘청 휜다. 이번에는 원고지가 있는 풍경을 올려놓는다. 추는 요지부동이다. 원고지의 세계는 현실의 저울로는 도저히 가늠할 수 없는 무게를 지니고 있기 때문이리라.

저울 다는 일을 여러 번 반복해 보지만 정답을 구할 수가 없다. 추의 움직임이 보이는 것의 무게와, 추의 움직임이 보이지 않는 것의 무게를 과연 어떤 식으로 비교해야 좋은가. 그것은 육신의 무게와 영혼의 무게 중 어느 것이 더 무거운가 하고 묻는 것과 마찬가지로 어리석은 질문인지도 모른다.

버스 정류장이 저만치 보였다. 마침 집으로 가는 버스가 막 도착해 있었다. 그러나 나는 그냥 걷기만 했다. 이렇게 걷다 보면 정답을 구할 수 있을까. 세상의 끝 어디엔가는 우문의 현답이 마련되어 있을까. 문득 아버지가 그리웠다. 어쩌면 당신도 세상의 끝까지 걸어가서 옳은 대답 하나 구하려고 긴 외출을 하고 있는 중인지도 모른다. 아버지 또한 평생을 육신의 무게와 영혼의 무게를 어림하며 사셨음이 분명하다. 육신의 집을 떠난 지 이제 십년, 지금쯤 아버지는 그 답을 구했을까.

눈은 계속해서 내리고 있다. 기쁨과 슬픔, 혹은 사랑과 증오로 얼룩덜룩한 세상의 온갖 색들을 덮으며 눈은 자꾸만 쏟아지고 있다. 책갈피 속에 숨겨 놓았던 오래된 단풍잎처럼 기억 속에 숨겨져 있는 어린 시절의 미술시간을 생각한다. 그때 나는 어떤 풍경을 그렸던가. 맨 마지막으로 덧칠한 검은색을 들추며 그려낸 그때의 세상 풍경은 그래도 아름다웠지 않았던가.

나는 걸음을 멈추고 허공을 향해 손을 벌려 본다. 하늘에서 떨어져 내렸다가 손바닥 온기에 녹아 눈물처럼 흘러내리는 눈들이 내게 엉엉 묻고 있는 것만 같다. 아직도 시를 쓰려는 사람이 존재하는 것은 무엇 때문인가, 하고.

예
언
자
의

꿈

눈을 뜨자마자 제일 먼저 느낀 건 어둡다는 거였다. 사방이 검은 색으로 뒤덮여서 내가 내뿜고 있는 시선을 모두 반사해버리고 있었다. 차라리 색깔이 없다는 게 나았다. 내가 지금 눈을 감고 있는지 뜨고 있는지조차 분간할 수 없었다.

아득하고 막막한 어둠 속에 웅크린 채 지난 사흘간의 기억을 되살려 보려고 애썼다. 하지만 내 기억의 실타래는 출구 없는 방에 갇힌 채 조금도 풀려 나오지 않았다. 머릿속 깊은 속에 모여 앉아 몇 방울의 기포만 의식의 수면 위로 띄워 올리고 있었다. 청각을 곤두세우자 싸리비로 철판을 쓸어내리는 것 같은 소리가 들렸다. 비가 오는구나. 비가 햇빛을 차단해버려서 어둡구나. 비라는 놈이 햇빛을 차단해버리고 내 기억의 촉수마저 갈팡질팡하게 만들고 있구나. 머릿속 기억의 바퀴를 아무리 굴려 보아도 지난 사흘간의 일들은 찍혀 나오지 않았다. 두 눈을 크게 뜨고 안력을 최대한 집중시켰다. 그러자 희미하게 눈앞이 밝아왔다. 선 하나가 꾸물꾸물 요동치고 있었다. 겨울잠에서 깨어난 방울뱀처럼 똬리를 푼 선은 사각형 무늬를 이루며 사방으로 퍼져 나갔다. 점점 주위가 밝아오자 여기저기서 수백 수천의 뱀이 동면에서 깨어나는 게 보였다. 안력을 더욱 집중시키자 천장과 바닥과 벽에서 수많은 독사들이 꾸물거리고 있었다. 그것들은 금세라도 붉은 혓바닥을 곧추세우고 나를 덮쳐올 것 같았다.

그제야 머릿속이 감광지처럼 밝아졌다. 지금 내가 있는 곳은 여관방이었다. 현란한 모습으로 사방에서 춤을 추고 있는 건 여관방 벽지 무늬였다. 한꺼번에 날아올라 혼돈의 무리를 이루었던 기억의 새떼들이 하나둘 내려앉기 시작했다. 서로서로 연결되어 있는 사방연속무늬 벽지처럼 지난 사흘간의 기억들이 꼬리에 꼬리를 물고 떠올랐다.

내가 여관을 나서게 된 경위는 이러했다.

나는 국제과학연구소의 핵심 연구요원이다. 남아시아 K국의 모처에 있는 국제과학연구소에서는 많은 연구원들이 활발하게 연구활동을 하고 있다. 나도 그 연구소의 두 평 남짓한 개인 연구실에서 심령과학과 우주공학을 연구했다. 세상에는 과학적 지식과 이론으로 풀 수 있는 문제가 있는가 하면 그렇지 못한 것도 많다. 지구 곳곳에서 출몰하는 UFO라든가 세계 곳곳에서 벌어지고 있는 초능력자들의 기행은 관제교육을 받고 성장한 과학자들의 규격화된 사고 능력과 평면적 상상력으로는 해결할 수가 없다. UN에서는 특수한 능력을 가진 인재들을 선발해서 그러한 불가사의를 풀기 위한 연구 활동을 비밀리에 지원하고 있다.

그런데 나는 지난달에 국제과학연구소를 탈출했다. UN 관리들이 입버릇처럼 말하는 지구 평화와 세계의 안녕을 도모하는 연구원으로서의 사명과 명예와 지위로부터 도망한 것이다. 나의 탈출은 국제 사회의 이목을 집중시켰다. 인터폴을 비롯하여 각국의 정보기관에서는 나의 행적을 뒤쫓기 시작했다. 그들은 교활하게도 나의 신분을 은폐한 채 '전염병을 지닌 위험한 인물'이라고 표현한 보도자료를 전 세계 언론사에 배포했다. CNN과 BBC와 로이터 통신과 AP통신은 그들이 배포한 보도자료를 확인 절차도 거치지 않은 채 그대로 기사화했다. 그들은 나를 체포하자마자 자신들이 베푼 특혜와 시혜를 배반한 자의 말로가 어떠한지 본보기 삼기 위해 UN광장에서 목을 매달 게 분명했다.

국제과학연구소를 탈출한 나는 여러 동지들의 도움으로 위조여권을 입수하여 '꼬레'라는 나라로 숨어들었다. 나는 이 조그만 반도국이 마음에 들었다. 사계절이 뚜렷한 꼬레의 기후는 오랜 연구 생활에 지친 내 몸과 마음을 달래주기에 충분했다. 나는 당분간 꼬레에 머물면서 나의 연구에 필요한 자료들을 수집하기로 마음먹었다.

나는 국제과학연구소에 있을 때부터 지금까지 다른 과학자들이 해오던 것과는 전혀 다른 차원의 연구를 했다. 따지고 보면 국제과학연구소를 탈출한 것도 내가 하던 연구를 완성하기 위해서였다. 국제과학연구소에서 연구에 몰두하고 있을 때, 누군가 내 머리통을 바늘 끝 같은 것으로 콕콕 쑤시고 있다는 걸 느꼈다. 그것은 바로 영적 교감을 위해 신이 뻗어온 손짓 신호였다.

얼마나 놀라운 일인가! 신이 인간과 소통하려고 접선을 시도하다니!

나는 그때까지 해오던 연구를 중단하고 나에게 손짓 신호를 보낸 신과 접선하기 위해 심혈을 기울였다. 신과 인간의 만남은 지금까지 아무도 실현하지 못한 엄청난 일이다. 신과 인간의 만남이 이루어지는 신성한 순간은 지구 역사 이래 가장 극적인 전환점이 될 것이다. 인류 창생 이후 풀지 못한 모든 불가사의한 일들에 대한 명쾌한 해답을 알아낼지도 모른다. 그처럼 어마어마한 만남의 상대로 신은 나를 점지하고 손짓 신호까지 보낸 것이다. 그에 대한 응답으로 나는 모든 걸 포기하고 국제과학연구소를 탈출했으며 꼬레라는 나라로 숨어들었으며 마침내 이곳 B읍에 도착한 것이다.

내가 오래 전부터 관심을 가져온 연구 분야는 인간의 잠재능력에 관한 것이다. 영혼과의 교감을 통해 얻어진다는 영감과 귀신의 힘을 빌려온다는 염력을 이용해서 인간의 잠재능력을 무한 확장

시키는 방법을 고찰한 학술 논문도 몇 편 발표한 바 있으며 나 자신의 잠재능력도 일정한 수준까지 계발해놓은 상태이다. 내가 지니고 있는 여러 가지 잠재능력을 일일이 설명할 수는 없지만, 나는 영혼과의 교류를 통해 체득한 영감으로 현직 미국 대통령의 자살과 필리핀의 공산화를 정확히 예언한 바 있다.

내가 잠재능력을 계발한 방법은 도인이라고 불리는 분들과는 격이 다르다. 도인이라고 불리는 분들은 속세와는 인연을 끊은 채 깊은 산속에 은거하여 무념무상의 참선을 계속하다 어느 날 갑자기 병아리가 알을 깨고 나오는 것처럼 득도하거나, 각자만의 체계적 수련과정을 거듭하는 방식으로 몽매에서 벗어나 깨우침에 도달한다. 그러나 나는 무협지에나 나오는 그런 분들의 방법과는 차원이 다르다. 첫째, 나는 속세를 떠나지도 않고 일정한 수련과정을 거치지도 않는다. 나는 일상인들과 똑같이 잠을 자고 똑같이 밥을 먹고 똑같이 똥을 싸고 똑같이 거리를 쏘다닌다. 그러다 길거리에 떨어져 있는 동전을 줍듯 도를 터득한다. 다른 이들이 오랜 시간동안 수련을 반복하여 정신과 육체가 일정한 수준에 도달했을 때 일사천리로 도를 깨우치는 반면, 나는 순간순간 아주 사소한 계기를 통해 크고 작은 도를 깨우치는 것이다. 그렇다고 나의 능력이 다른 도인보다 약하거나 수준이 떨어지지는 않는다. 나의 이 독특한 득도 방식(방식이라기보다는 현상이라고 하는 게 옳다. 왜냐하면 내가 굳이 힘들게 노력하지 않아도 자연발생적으로 일어나는 것이므로)을 부러워 한 많은 이들이 흉내를 내보았지만 아무도 성공하지 못했다. 한마디로 나는 타고난 사람이었다. 엄청난 후천적 노력으로 잠재능력을 계발하는 사람들과는 달리 나는 선천적으로 잠재능력이 무궁무진한 사람이었다. 나를 부러워하던 이들이 피나는 노력을 기울였음에도 불구하고 도를 깨치는데 실패한 것은 선천적 능력이 부족한 때문이었다. (나의 선천적 능력에 크게 감탄한 어떤 이는 내가 후천적 노력을 조금만 기울인다면 손가락 하나로 지구의 자전을 멈출 수도 있을 거라고 했다.)

이쯤에서 내가 지니고 있는 가장 기초적이고 기본적인 기술 한 가지를 소개하겠다. 두 눈으로 촛불 끄기. 물론 호흡을 중단한 상태에서. 이 기술을 시전하는 방법은 먼저 온몸의 기를 단전에 모은 다음 서서히 안구로 끌어 올린다. 그러면 얼굴이 부어오르면서 안구에 가득 찬 기가 눈물샘을 통해 빠져나가 촛불을 끄게 된다. 이 광경을 목격한 어떤 이는 눈에서 불똥이 튄다고 표현했다. 실제로 이 기술을 연마하다 안구에 이상이 생긴 이도 허다하다. 이 기술은 음의 기운과 양의 기운을 체내에서 조화롭게 합일시켜야 시전할 수 있다. 체내로 잦아들려는 음의 기운과 체내에서 용솟음치려는 양의 기운 중 어느 한쪽이 강하거나 약하면 이 기술은 시전할 수 없다. 후천적 노력을 기울인 끝에 이 기술은 습득한 사람은 촛불을 끈다거나 종이를 한동안 공중에 떠 있게 하는 정도의 효력밖에 발휘할 수 없지만 나는 훨씬 뛰어난 위력을 발휘한다. 멀리 떨어져 있는 물체를 끌어당기거나 깜깜한 밤중에 눈앞의 어둠을 뿔뿔이 흩어지게 해서 사방이 밝아오게 하는 고차원 능력을 발휘할 수 있다.

많은 이들이 보다 좋은 환경에서 수련하면 능력을 더욱 발전시킬 수 있을 거라고 격려하면서 국제과학연구소에 들어갈 것을 추천했다. 나에게 그런 말을 한 사람들(그들은 대부분 일정한 사회적 지위와 그에 따르는 권위 따위를 누리고 있는 분들이다.)은 국제과학연구소가 개인이 지닌 가치 있는 능력을 더욱 깊고 체계적으로 계발하는 활동을 지원해주는 기관으로 알고 있었다. 그런데 내가 두 평 남짓한 개인 연구실과 두 명의 조수를 거느리고 있으면서 깨달은 것은, 국제과학연구소는 일반인들의 생각과는 전혀 다른 곳이라는 거였다. 우선 제국주의적 냄새를 풍김으로 해서 그곳에 몸담고 있는 사람을 모두 제국주의적 사고방식에 빠지게 하는 회색 단층 건물이 마음에 들지 않았다.(사람들은 그 건물의 색깔을 보고 쥐색이라고 하던데 세상에 회색이 쥐색이라니? 실험용 쥐가 회색인가?) 게다가 항상 쥐색(내가 말하는 쥐색은 흰색을 뜻한다. 세상의 모든 실험용 쥐는 흰색이 아닌가!) 가운을 입고 어슬렁거리는 의사와 간호보조원(일반 의료기관의 간호사나 간호보조원은 대부분 여자인데 국제과학연구소 부설 의료기관의 간호보조원은 모두 남자였다. 이들은 여성 간호사처럼 따뜻한 사랑과 봉사 정신으로 환자들을 돌보는 게 아니라 무지막지한 완력과 욕설로 환자들을 돌본다.) 이 정기적으로 연구 상태를 조사했다. 그것 또한 나를 몹시 귀찮게 하는 일이었다. 이곳이 정신병원이라도 된다는 말인가? 왜 간호보조원이라는 작자들이 연구 활동에 몰두하고 있는 나와 다른 연구원들을 정기적으로 검진하는 건가? 우리가 불순한 전염병 보균자인가? 나는 그런 간섭이 싫었다. 그리하여 마침 불쏘시개처럼 내 의식의 아궁이를 들쑤시고 있는 신과의 교감을 위한 손짓 신호와, 제국주의적 건물과 제국주의적 규범에 거부감을 느끼는 나 자신의 자유의지에 의거하여 국제과학연구소를 탈출한 것이다.

고속버스에서 내린 나는 숙박업소부터 찾았다. 터미널 맞은편 3층 건물에 자리 잡은 동명여관은 허름한 B읍의 분위기와는 달리 정갈했다. 세면도구와 속옷 몇 벌이 든 가방을 던져놓고 여관을 나선 나는 무작정 택시를 잡아탔다. 내가 행선지도 정하지 않고 무작정 택시를 탄 것은 이유가 있었다. B읍으로 오게 된 것도 사실은 무작정이었다. 꼬레의 수도 S시의 고속버스터미널에서 지금 당장 출발하는 표를 달라고 했더니 B읍으로 가는 표를 줘서 오게 된 것이다.

"박물관으로 갑시다."

택시를 타는 순간, 나는 대뇌의 물렁물렁한 부분으로 한 줄기 화살이 꿰뚫고 들어오는 걸 느꼈다. 신이 쏘아 보낸 텔레파시 한 줄기가 나의 사고를 지배하고 있는 대뇌에 날아와 꽂힌 것이었다. 그것은 '박물관'이라는 세 글자였다. 그동안 나는 신과의 교류에 대한 믿음은 강했지만 교류 방법이나 시기에 대해서는 막연했다. 그런데 택시를 타는 순간, 손등을 꼬집어서 아픔을 확인하는 것처럼 분명하고 선명하게 박물관에 가면 무언가 나를 기다리고 있을 거라는 확신이 들었다.

박물관 앞에 택시가 멈추자 나는 운전사에게 지폐 몇 장을 주며 거스름돈은 필요 없다고 했다. 박물관 입구에는 단체 관광객으로 보이는 한 무리의 사람들이 줄지어 서 있었다. 나는 그 무리에 휩쓸려 박물관 안으로 들어갔다. 제초한 지 얼마 되지 않은 잔디밭을 지나자 육중한 화강암 건물이 소나무 숲에 둘러싸여 있었다. 건물 안으로 들어서자 뭔가 거대한 힘이 어깨를 짓누르는 느낌이 들었다. 전시장 천장에서 돌아가고 있는 실링팬에서 흘러나온 바람이 내 어깨 죽지를 칭칭 감아 불상이며 도자기며 깨진 기와 따위가 전시되어 있는 진열장 앞으로 끌고 갔다. 덕분에 도자기와 기와에 새겨진 미세한 문양까지 확인하고 있는데 웬 사내가 옆으로 다가오더니 이렇게 말했다.

"물건을 원하시나요?"

선글라스를 쓰고 있는 사내의 목소리는 기계음처럼 생기가 없었다. 선글라스 뒤에 숨어 있는 사내의 눈동자가 지금 나를 보고 있는 건지 아니면 내 뒤의 진열장을 보고 있는 건지 궁금했다.

"무슨 물건 말이오?"

"도굴품을 원하시나요, 모조품을 원하시나요?"

문득 사내의 시커먼 선글라스 뒤에는 눈동자가 없을지도 모른다는 생각이 들었다.

"딴 데 가서 물어 보시오."

나는 모자이크처럼 깔려 있는 백색 타일을 밟으며 박물관 건물을 빠져 나왔다. 백색타일—쥐색—회색건물—연구소—연구실—조수—간호사—신—손짓신호—탈출—꼬레—B읍—박물관…… 기차처럼 이어지는 생각이 의식의 레일을 밟으며 머릿속으로 지나갔다. 생각을 털어내려고 머리를 흔들었다. 하지만 그것들은 욕실 천장에 매달린 물방울처럼 포화 수위에 도달하기 전까지는 꼼짝도 하지 않을 심산이었다.

박물관 뜰에는 햇살이 분필가루처럼 흩날리고 있었다. 의식의 서가에 꽂힌 생각의 책들은 정리가 안 된 채 엉망이었다. 걸음을 옮길 때마다 몸이 땅속으로 한 뼘씩 가라앉는 느낌이었다. 담배를 하나 꺼내 물었다. 불을 붙이고 한 모금 깊숙이 빨아들이자 태양의 한 부분을 말아 피우는 것처럼 후끈한 열기가 폐 속으로 밀려들었다.

손을 뻗어 흐트러진 머리카락을 가다듬자 어느 정도 정신이 맑아졌다. 뜰 위에 살얼음처럼 깔려 있는 햇살을 밟으며 박물관을 빠져 나왔다. 박물관 정문 앞에는 두 갈래 길이 양쪽으로 뻗어 있었다. 한쪽 길은 아까 택시를 타고 온 길이고 반대쪽 길은 산으로 가는 길이었다. 산으로 가는 길은 잎 넓은 나무들이 늘어서 있고 그 아래 과자와 음료수를 파는 상점이 있었다. 나는 반쯤 피운 담배를 버리고 그 가게로 다가갔다. 가게 입구에 놓여 있는 드럼통이 시선을 끌었기 때문이었다.

그 드럼통은 일종의 놀이기구였다. 통 안에는 물이 반쯤 담겨 있고 통 둘레에는 십여 개의 칸막이가 설치되어 있었다. 각각의 칸막이 위에는 나무판이 있고 그 나무판에는 가스테라나 사이다나 비스킷이나 초콜릿 따위가 얹혀 있었다. 내가 드럼통에 관심을 보이자 반색을 하며 다가온 주인여자의 설명에 의하면, 누구나 정해진 액수의 돈을 내면 비닐봉지를 하나 받을 수 있다. 그 비닐봉지 속에는 약간의 물과 물을 좋아하는 방개가 들어 있는데, 봉지를 산 이는 그것을 가지고 집으로 갈 수도 있지만, 그건 방개를 처음 봐서 신기해하는 어린아이나 기념품으로 삼으려는 관광객이고, 대부분의 사람들은 비닐봉지 속의 방개를 드럼통에 풀어놓는다. 그러면 방개는 심호흡을 두어 번 한 뒤 몸을 풀기 위해 물속을 잠시 싸돌아다니다 여러 개의 칸막이 중 한 곳으로 들어가는데, 그러면 그 칸막이 위에 놓여 있는 과자를 상품으로 받을 수 있다. (그 칸막이 위의 상품은 방개가 들어 있는 비닐봉지와 교환한 돈보다 낮은 값어치의 것들이다.) 사람들은 방개가 이 칸막이로 들어갈까 저 칸막이로 들어갈까 기웃거리는 모습을 즐기는데, 그러다 방개가 가장 비싼 과자가 있는 칸막이로 들어가기라도 하면 로또에 당첨된 것처럼 좋아한다.

"어떤 사람들은 이게 계획된 사기라고 해요. 값싼 상품이 있는 칸막이에 방개를 유혹하는 약품을 발라놓아서 방개가 그 칸막이로

간다는 거죠. 근데 웃기는 건 방개에게 후각기관이 있는지, 후각기
관이 있다면 어떠한 냄새를 좋아하고 실지로 그런 냄새를 풍기는
약품이 있는지 그 사람이 어떻게 안답니까? 그런 얘기를 하는 사
람은 자기가 풀어놓은 방개가 형편없는 상품이 걸려 있는 칸막이
로 들어가 버린 경우죠."

주인여자의 열띤 설명을 듣고 있던 내 손은 어느새 지갑을 꺼내
고 있었다. 돈을 지불하고 방개가 든 비닐봉지를 받았을 때, 산등
성이 소나무 숲에서 불어온 바람이 내 몸을 한 바퀴 핥고 지나갔
다. 나는 비닐봉지를 찢고 드럼통 속에 방개를 풀어놓았다. 자유로
운 몸이 된 방개는 긴 뒷다리를 휘저으며 의식의 수초 사이를 헤집
고 다녔다. 정신이 혼미해졌다. 방개의 자맥질 때문에 머릿속이 울
렁거렸다.

"무슨 생각 하고 계세요?"

주인여자가 멀뚱한 눈으로 쳐다보았다. 나는 그녀를 향해 미소
를 지어보였다. 싸락눈 같은 햇살이 주인여자와 나 사이로 쏟아져
내렸다. 나는 비닐봉지를 움켜쥐고 산을 오르기 시작했다. 나는 방
개를 드럼통 속에 풀어놓지 않았다. 나의 방개가 안주할 곳은 저
차가운 금속성 드럼통이 아니었다.

산으로 오르는 길옆에는 소나무가 울창했다. 송림이 드리운 그
늘을 따라 뱀처럼 휘어진 길 위로 많은 사람들이 오가고 있었다.
숲에서는 새들이 지저귀는 소리가 요란했다. 산 중턱쯤 다다르자

광장이 나타났다. 두 개의 능선이 맞닿아 있는 광장 한쪽에는 식당이 있고 맞은편에는 음료수와 과자를 파는 가게가 있었다. 나는 식당 야외 테이블에 앉아 소주 한 병과 부침개를 주문했다. 볕 좋은 오후 산중턱에 걸터앉아 술 한 잔 기울이며 지나다니는 사람 구경하는 재미는 쏠쏠했다.

소주 한 병을 더 시켰다. 이미 알딸딸해진 상태였지만 한 병 정도는 더 비울 자신이 있었다. 쓰고 있던 안경을 벗어 안주머니에 넣었다. 나는 연구소를 탈출한 뒤로 잠잘 때나 샤워할 때를 제외하곤 안경을 벗은 적이 없었다. 그것은 나를 추적하는 사람들에 대한 경계심 때문이기도 했지만, 근본적인 이유는 신이 나와의 교감을 위해 언제 어디서 어떤 형태로 보내올지 모르는 예비 신호를 놓치지 않기 위해서였다. 신과의 교감이 언제 어디서 어떻게 이루어질지는 알 수 없었다. 풀밭에서 우연히 네잎 클로버를 발견하는 것처럼 전혀 예상치 못한 방식으로 이루어질 수도 있다. 어쩌면 신은 벌써 용의주도한 계획을 세우고 단계적으로 나에게 접근해오고 있는 중인지도 모른다. 한 가지 확실한 것은 그 순간, 신이 나와의 교감을 위해 모종의 신호를 보내올 그 순간, 지금까지 경험해보지 못한 징조가 내 몸을 관통하리라는 건 분명했다. 나는 거푸 잔을 비웠다. 내 혈관 속에 알코올을 충분히 채워두어야 한다. 그래야 신과의 교감을 위한 신호가 왔을 때 내 몸이 잽싸게 감지해낼 테니까.

바로 그때, 내가 두 병째 소주도 거의 다 비웠을 때, 나는 너무 놀라서 의자에서 굴러 떨어질 뻔 했다. 나의 망막을 온통 물들이고 의식마저 파랗게 적셔 버리는 푸른색, 푸른 물방울무늬. 이 세상의 모든 생물들이 일제히 세포 분열을 일으키며 분자 하나하나가 방울방울 하늘로 날아오르는 것 같은 전율이 나의 전신을 관통하고 있었다. 이제 갓 스물을 넘겼을까? 어쩌면 더 어린지도 모른다. 그만큼 상큼한 모습이었다. 바람의 자락을 잘라 묶은 것처럼 나풀거리는 머리칼을 하고 있었다. 내 몸의 모공들이 일시에 입을 다물고 의식의 갈피들은 숨 가쁘게 뒤척였다.

내가 술을 마시다 깜짝 놀란 것은 푸른색 물방울무늬 원피스를 입은 여자 때문이었다. 그 여자는 등산객들 틈에 섞여 이제 막 광장 입구로 들어서고 있었다. 그녀는 내가 술을 마시고 있는 식당 쪽으로는 눈길도 주지 않은 채 계속해서 산길을 올라갔다. 나는 재빨리 술값을 치르고 그 여자를 뒤쫓기 시작했다. 내가 그렇게 서두르는 데는 이유가 있었다. 아무리 그 여자의 미모가 뛰어나고 푸른색 물방울무늬 원피스가 화사하다고 해도 그것만으로 내가 그렇게 놀랄 이유는 없었다. 나는 박물관이나 어슬렁거리다 적당한 상대 하나 꼬드겨 회포나 풀려는 한량이 아니다. 나는 신과의 교감이라는 중요한 미션을 수행하기 위해서 이곳에 왔다. 그렇다면 그 일이 이루어질 때까지 몸과 마음을 경건하게 보존해야 한다. 그런 내가 여자의 외모나 옷감 무늬 따위에 반해서 정신이 혼미해져서는 안 될 것이다.

내가 두 시간 가까이 앉아 있던 식당 의자에서 일어나 여자의 뒤를 쫓기 시작한 것은 그녀의 미모나 푸른색 물방울무늬 원피스 때문이 아니었다. 신이 나와의 교감을 위해 보낸 은밀한 손짓 신호라고 여겨지는 중요한 징표를 발견했기 때문이다. 그게 무엇인가 하면, 놀라지 마시라. 그것은 아까 내가 박물관 앞 가게에서 구입해서 아직까지 가지고 있는 것과 똑같은, 물이 반쯤 담긴 비닐봉지하나가 그 여자의 손에 들려 있었던 것이다. 그녀의 손에 들려 있는 비닐봉지가 신이 나와의 교감을 위해 은밀하게 보내온 손짓 신호의 속알맹이라면, 그녀가 입고 있는 푸른색 물방울무늬 원피스는 신이 나와의 교감을 위해 은밀하게 보내온 손짓 신호의 겉껍데기인 셈이었다. 신이 보내온 손짓 신호의 속알맹이를 파악하기 전에 신이 보내온 손짓 신호의 겉껍데기가 내 망막에 먼저 포착되어 잠시 나의 의식을 온통 푸른색으로 물들였던 것이다.

나는 손에 들고 있는 비닐봉지를 내려다보았다. 내 방개는 그 좁은 공간 속에서 열심히 허우적거리고 있었다. 오, 너는 내 사랑이다. 내가 너를 사서 소유하게 된 그 순간부터 너는 나의 사랑이 되었다. 오, 내 사랑 방개. 저 여자가 들고 있는 비닐봉지 속에도 내 사랑 방개와 똑같은 방개가 들어 있겠지.

소주를 두 병이나 마셨음에도 발걸음은 가볍고 하늘은 유난히 푸르렀다. 따갑게 내리쬐는 햇볕마저 자신의 손짓 신호를 용케 알아차린 나에게 하사하는 신의 칭찬처럼 부드럽게 느껴졌다. 여자는 두 개의 정자를 지나 계속 산을 오르고 있었다. 그녀의 뒤를 쫓던 나는 슬그머니 불안한 생각이 들었다. 혹시 여자가 자신을 미행하고 있는 나의 존재를 눈치 채지 않을까. 만약 그녀가 자신을 미행하고 있는 나의 존재를 발견하고 내손에 들려 있는 비닐봉지를 보게 된다면, 그리하여 동지의식을 느끼고 내게 다가와 '안녕하세요'라고 말을 걸어오기라도 한다면, 모든 건 끝장이다.

저 여자가 신이 나와의 교감을 위해서 보낸 메신저라는 걸 확실하게 검증할 때까지는, 그래서 내가 신과의 교감에 응할 태세를 완벽하게 갖출 때까지는 그녀에게 나의 존재를 들켜서는 안 된다. 만약 저 여자가 신이 보낸 메신저라는 걸 내가 확인하기 전에 그녀가 나의 존재를 발견하고 말을 걸어온다면, 인류 역사상 최초로 이루어지는 신과 인간의 직접적인 교류가 무산될 수도 있다. 그것은 우주에 존재하는 모든 유기체와 무기체 간의 영적 교신에 대한 존엄성과 순결성이 훼손될 수도 있는 엄중한 사안이기 때문이다.

다행히 여자는 나의 존재를 눈치 채지 못한 것 같았다. 눈앞에 내리막길이 나타났다. 굴곡진 급경사 아래로 수많은 계단이 이어져 있었다. 여자는 벌써 그 계단을 한참이나 내려가고 있었다. 이쯤에서 나는 좀 쉬고 싶었다. 어제 저녁부터 아무것도 먹지 못한 상태인데다 아까 급하게 마신 술의 취기가 올라오는 중이었다. 나는 애원하는 시선으로 앞서가는 여자를 바라보았다. 그러나 그녀가 내 심정을 알아차릴 리 없었다. 여자는 잠시도 쉬지 않고 계단을 내려가고 있었다. 할 수 없이 숨을 한 번 크게 들이마신 뒤 나도 계단을 내려가기 시작했다. 한참을 내려가자 작은 암자가 나타났다. 암자는 서너 평쯤 되는 반석 위에 있었다. 그 암자를 끼고 돌아서자 길은 한층 좁아졌다. 한쪽은 깎아지른 절벽이고 다른 쪽에는 시퍼런 강물이 넘실거리고 있었다. 쇠 난간이 협로를 보호하고 있었지만 발을 내디딜 때마다 무릎이 후들후들 떨렸다. 넘실거리는 강줄기가 개구리 혓바닥처럼 내 발목을 휘감아 물속으로 끌고 들어갈 것만 같았다.

웬 여자가 걷는 걸 이렇게나 좋아한담. 나는 지칠 대로 지친 상태였다. 사실 나는 걷는 거라면 누구보다도 좋아하는 사람이다. 무작정 집을 나와서 아침부터 저녁까지 아무데나 쏘다니는 짓을 되풀이 하며 유년시절을 보냈다. 아침밥을 먹은 뒤 집을 나서서 이리저리 발길 닿는 대로 쏘다니다 점심때가 지난 줄도 모르는 경우가 많았다. 어느 낯선 골목이나 빌딩 귀퉁이에 우두커니 서서 일몰 때까지 지나다니는 사람들을 구경하기도 했다. 그렇게 싸돌아다니면서 나는 무척 많은 생각을 했다. 내가 가지고 있는 잠재능력 중 하나는 사고 기능을 이원 분립하여 동시에 각기 다른 두 개의 생각을 하면서 서로 토론과 논쟁을 주고받을 수 있다는 것이다. 즉, 내 머릿속에는 2인분의 뇌가 들어 있는 셈이다. 남들보다 두 배 뛰어난 사고 기능으로 말미암아 유년기의 내 머릿속에는 온갖 철학적 화두들이 변증법적 상상력에 의해 무수한 가지를 뻗었다. 그 시절에 나는 인간의 실존적 의미와 우주의 구조적 비밀을 화두로 삼아 오 랫동안 고찰하였으며 마침내 그에 대한 명쾌한 결론을 내리기까 지 했다. 만약 그 시기에 나의 머릿속에서 이루어졌던 생각들을 정 리하여 저술로 남겼다면 웬만한 도서관 하나쯤은 채우고도 남았 을 것이다. 뿐만 아니라 지금까지 인류가 이루어 놓은 수많은 철학 적 과학적 수학적 진리와 명제들 중 50퍼센트는 의미와 논리를 새 롭게 정의해야 했을 것이다. 그러나 불행인지 다행인지 나는 그 시 절 사색의 흔적들을 기록으로 남겨놓지 않았다. 또한 지금의 내 머 릿속에는 그 시절에 이루었던 현란한 지적 모자이크들이 전혀 남 아 있지 않다. 나는 그 시절에 했던 깊은 사색의 마무리 단계에서 앞으로의 생은 그저 햇빛 속을 폴폴 날아다니는 플라타너스 씨앗 이나 붉은 노을을 흰색으로 바꾸기 위해 쉴 새 없이 하늘을 헹구고 다니는 바람처럼 살아가기로 작정했기 때문이다.

드디어 저만치 계단의 끝이 보였다. 계단이 끝나는 곳에는 모래 밭이 있고 모래밭 너머는 강이었다. 여자는 강을 향해 걸어가고 있 었다.

계단을 다 내려온 나는 숨을 한번 크게 들이쉬었다. 강바람이 호 흡기관을 통해 몸속으로 들어오자 정신이 좀 맑아졌다. 계단 위에 서 볼 때는 푸른 색종이를 깔아놓은 것 같았던 강은 가까이서 보자 훨씬 짙고 묵직했다. 강 중앙에는 배가 서너 척 떠 있고 강 건너 벌 판에서는 아지랑이가 솟아오르고 벌판의 끝 간 곳을 막아선 산들이 가물가물 보였다.

여자는 강변 모래밭에 쪼그리고 앉아서 무언가를 매만지고 있었다. 나는 천천히 그녀에게 다가갔다. 이제 그녀에게 말을 걸어야 한다. 그런데 무슨 말부터 해야 할까. 나는 그녀에게로 걸어가면서 무슨 말을 해야 좋을지 생각해내려고 애를 썼다. 그러나 마땅한 말이 떠오르지 않았다. 이제 그녀와의 거리는 1미터도 되지 않았다. 그때, 인기척을 느낀 여자가 고개를 들어 나를 쳐다보았다. 나는 걸음을 멈추었다. 여자는 나를 빤히 쳐다보았다.

"그 방개도 놓아주실 건가요?"

여자가 사과 속 같은 미소를 지으며 말했다.

"네, 네?"

나는 당황해서 말을 더듬거렸다. 여자의 손에 있는 비닐봉지는 비어 있었다.

"아, 아직 결정하지 모, 못했습니다."

나는 쑥스러움 때문에 더욱 심하게 말을 더듬거리며 비닐봉지를 등 뒤로 감추었다. 여자는 비닐봉지 속의 방개를 강물 속에 풀어준 모양이었다.

"어서 마음을 정하세요."

여자는 경쾌한 목소리로 말하면서 일어섰다. 생각보다 작은 키였다. 여자가 내 앞에 서자 그것을 알 수 있었다. 그녀는 유리처럼 맑은 눈을 가지고 있었다. 그 눈을 가만히 들여다보고 있으면 내

속마음을 죄다 들킬 것 같았다.

"저는 방개가 사람들의 노리개 감이 되는 게 싫어요. 방개는 드럼통이 아니라 물속에서 살아야 하잖아요. 그래서 돈이 생기면 방개를 사서 강에 놓아주곤 해요."

여자는 묻지도 않은 말을 주섬주섬 늘어놓았다.

"여기 사시는 분이 아닌 것 같네요? 관광객이신가요?"

내가 아무런 반응도 없이 물끄러미 서 있자 그녀가 그렇게 물어왔다.

"학술 연구차 왔다가 잠시 바람 쐬러 나왔습니다."

엉겁결에 그렇게 말했지만, 여자가 그런 질문을 할 걸 미리 알고 준비한 것처럼 나의 대답은 자연스러웠다.

"무슨 연구를 하시는데요?"

여자는 강줄기를 따라 천천히 걷기 시작했다. 그녀를 따라 걸으면서 나는 살짝 난감한 기분이 되었다. 학술 연구? 왜 그런 말이 튀어 나왔을까. 엉뚱한 말 한 마디 때문에 대화가 이상한 방향으로 흘러가고 있었다. 하지만 엎질러진 물이다. 이제 와서 그녀에게 신이 어쩌고 손짓 신호가 어쩌고 하는 말을 꺼내면 이상한 사람 취급 당할지도 모른다. 나는 될 대로 되라는 심정으로 별 생각 없이 마구 말하기 시작했다.

"저는 곤충학자입니다. 갑각류 곤충에 대한 논문을 준비하고 있습니다."

142

"그럼 방개에 대해서도 잘 아시겠네요?"

"이놈의 학명은 Cybister japonicus라고 합니다. 딱정벌레목 방개과에 딸린 수챙 곤충이지요. 뒷다리는 배를 젓는 노와 같이 생겼는데 털이 많이 나 있죠. 이놈의 딱지날개를 자세히 보면 노란 띠가 있습니다. 그래서 금관충이라고도 한답니다. 거머리방개, 깨아방개, 꼬마방개, 먹방개, 별방개, 줄무늬방개, 방개 등 아시아에만 2,050여 종이 서식하고 있습니다."

"완전 전문가이시네요."

"이놈이 날아다니는 걸 보신 적이 있습니까? 이놈은 야행성입니다. 밤에만 날아다니는데 손으로 잡으면 고약한 냄새가 나는 액을 분비합니다."

거기까지 말하고 나는 입을 다물었다. 한꺼번에 너무 많은 말을 해버렸다. 여자가 나를 경솔한 사람으로 생각하면 어쩌지? 그녀의 표정을 살펴보았다. 담담했다. 나는 목젖 너머로 침을 한번 삼켰다. 그리고 아까부터 준비하고 있던 말을 꺼냈다.

"폐가 되지 않는다면 저에게 이 도시를 안내해 주시겠습니까?"

그렇게 말하는 내 아랫입술은 가볍게 떨리고 있었다. 내 말에 그녀는 너무나도 쉽게 "좋아요."라고 답했다. 우리는 모래밭을 지나 아까 내려왔던 돌계단을 다시 올라가기 시작했다.

흐 흐 흐 흐 흐.

갑자기 겨드랑이가 가려워졌다. 방안을 떼굴떼굴 굴렀다. 한참을 신음 같은 웃음을 흘리며 방안을 굴러다니다 문득 손을 뻗어 겨드랑이를 만져보았다. 겨드랑이는 임신부의 배처럼 볼록하게 부어 있었다.

날개가 돋으려나? 영혼의 겨드랑이에서 돋아나는 상상의 날개. 만약 날개가 돋는다면 오늘 같은 날이 맞춤하리라. 상상의 날개를 단 나의 영혼은 빗줄기를 뚫고 용처럼 승천하리라. 그러면 내가 고대하는 신과의 교감은 물론이고 신을 직접 알현할 수도 있으리라.

그날 이후 나는 현주(그 여자의 이름이었다.)를 다시 만나지 못했다. 나는 그녀가 신이 나와의 교감을 위해 보낸 손짓 신호라는 걸 확신할 수 있었다. 그녀는 지구상에 남아 있는 단 하나의 순결한 영혼과 교신하기 위해 신이 보낸 메신저였다. 그녀는 지구상에 남아 있는 단 하나의 순결한 영혼의 소유자인 나를 모든 영혼의 지배자이자 온 우주의 창조주이신 신에게로 인도해줄 천사였다. 그런데 나는 그날 그녀에게 결정적인 실수를 저지르고 말았다. 나는 그녀에게서 천사의 신성함을 느끼기도 전에 성숙한 여인의 내음을 먼저 맡아버린 것이었다.

그날까지 나는 무려 한 달이나 자위행위를 참고 있었다. 나는 주기적으로 자위행위를 해야 한다. 자위행위를 이틀 정도 참을 때까

144

지는 아무렇지도 않다. 그러나 사흘 째 되는 날부터는 몸속에서 평
상시와는 다른 조짐이 일어난다. 몸속을 떠돌아다니는 온갖 잡념
과 불온한 병균들이 어느 한곳에 모여 앙금처럼 쌓여가는 것이다.
날씨가 추워지면 온도계 수은이 유리관 아래로 모여드는 것처럼
내 몸속의 불손한 찌꺼기들이 꼬물꼬물 한 곳으로 모여드는 것이
다. 그때부터 나는 정신이 예민해져서 사소한 일에도 신경질적인
반응을 보인다. 모든 주의력이 한곳으로 쏠려버려서 다른 것에 관
심을 가질 여유가 없어진다. 그러다 닷새쯤 되는 날 화산이 폭발하
듯 격렬한 자위행위를 함으로써 체내의 모든 불순물들을 남김없이
사정해버리고 나면 더할 수 없이 말끔한 상태가 되는 것이다. 그런
일을 한 번 해치우고 나면 며칠 동안은 신선한 기분으로 다른 일에
몰두할 수 있다. 그렇게 주기적으로 체내의 불순물을 걸러내는 작
업을 행함으로써 나는 세상의 그 누구보다도 순도 높은 뇌세포로
구성된 영혼을 소유할 수 있는 것이다. 그런데 그 일을 무려 한 달
이나 참은 것이다. 나는 말할 수 없이 섬세하다 못해 소심해져 있
었다. 온몸의 감각기관들은 파충류의 더듬이처럼 민감해져서 사소
한 것 하나도 흘려버리지 않고 신경질적인 반응을 보이는 상태가
되었다. 나의 몸과 정신은 끝없는 발기상태에 돌입한 거대한 성기
가 되어버린 것이다. 그런 상황이었기에 나는 현주에게 몹쓸 짓을
저지르고 말았다. 통제할 수 없을 정도로 흥분된 상태였던 나는 내
몸의 구멍이란 구멍을 통해 한 달 동안 방출하지 못하고 고여 있던

온갖 불순물이 쏟아져 나오려는 걸 도저히 참을 수가 없었다. 나는 정상적인 판단을 할 수가 없었다. 눈앞이 아득해지고 놀이공원에서 바이킹을 탔을 때처럼 머릿속이 심하게 울렁거렸다. 현주는 아무런 말도 없이 원피스에 묻은 모래를 털어버리고 사라졌다. 나는 그녀에게 뭐라고 말을 하고 싶었다. 뛰어가서 팔을 잡고 걸음을 멈추게 하고 싶었다. 그러나 나는 아무런 행동도 할 수 없었다.

나는 여관으로 돌아왔고 그날 저녁부터 장대비가 쏟아졌다. 나와 바깥 세계는 비에 의해 격리되어버렸다. 나는 사흘 내내 눅눅한 습기로 가득한 방안에 틀어박혀 담배만 피워댔다. 아무리 생각해도 분통 터지는 일이 아닐 수 없었다. 단 한 번의 실수 때문에 그토록 고대하던 신과의 교감이 무산되어버리다니. 영감과 직관에 의지해왔던 나의 행동이 처음으로 좌절을 맛본 것이었다. 하지만 나는 실망하거나 포기하지 않았다. 이건 나에게 닥친 첫 번째 시련일 뿐이다. 지구상에서 아직 그 누구도 경험해보지 못한 신과의 교감이 그리 쉽게 이루어지겠는가. 이번 일은 성공으로 가기 위한 첫 번째 관문에 불과하다. 앞으로 더 많은 더 힘든 더 복잡한 난관이 나를 기다리고 있을 것이다. 여기에서 좌절하거나 포기해서는 안 된다.

나는 침대에서 일어나 가부좌를 틀었다. 그리고 정신력을 최대한 집중시켜서 텔레파시를 발사하기 시작했다.

─나에게로 오라! 나에게로 오라!

내가 무엇 때문에 죽음의 위협을 무릅쓰고 국제과학연구소를 탈출해서 이곳 B읍까지 왔는가. 그것은 오직 혼돈과 파멸로 치닫고 있는 세상을 구원할 단 한 사람의 출현을 준비하기 위함이 아니었던가. 단 한 사람의 선지자만이 질병과 전쟁과 타락으로 가득한 이 세상을 구할 수 있다. 그 선지자는 신에게 선택을 받은 사람이어야만 한다. 신에 의해 선택된 맑고 신성한 영혼의 소유자여야 한다. 그런 존재가 누구인가. 바로 나 아닌가. 나야말로 지구상에서 유일하게 순수한 영혼의 소유자 아니던가. 그런 내가, 죄악으로 가득한 세상을 구원할 선지자이자 예언자로 거듭날 내가, 말초적 욕구를 참지 못하고 실수를 저지르고 말다니.

나는 나의 성기를 움켜쥐고 노려보았다. 거무튀튀하고 불그레한 빛깔의 성기는 외눈으로 나를 쳐다보고 있었다. 망할 자식! 너는 큰 실수를 저질렀어. 암흑에 잠긴 세상을 멸망의 구렁텅이에서 구원해줄 선지자의 출현을 네가 방해한 것이야. 만약 세상이 이대로 파멸해버린다면 그것은 전적으로 네 책임이야. 당장에라도 이놈을 내 몸에서 잘라내고 싶었다. 그런데 솔직히 말해서 나의 성기가 무슨 죄가 있나. 이놈은 육체를 지배하는 머리에 의해 움직였을 뿐인데. 죄를 지은 놈은 나의 머리를 구성하고 있는 뇌세포들이다. 그놈들이 시켜서 한 짓이다. 나는 비난의 화살을 성기에서 머리로 옮겨갔다. 그러자 영리한 나의 머리는 금세 잔꾀를 생각해내어 자신을 보호했다. 그것은 현주와의 사건은 신이 나를 시험해보려는 관문이라는 것이었다. 그녀가 신과 나를 연결시켜주는 메신저라면 그렇게 쉽게 정체를 드러내지 않을 것이다. 나를 요모조모로 시험해본 다음 자신의 정체를 드러낼 것이다. 따라서 그녀는 또 다른 방법으로 나를 시험해보려고 할 게 분명하다. 하지만 지금 나에게는 그녀와 연락할 수 있는 수단이 없다. 오로지 영감이 다시 찾아올 때까지 무작정 기다리는 방법밖에 없다. 그런데 내가 이렇게 한곳에 오래 머물러 있으면 나를 추적하고 있는 기관원들이 눈치를 채고 덮쳐올지도 모른다. 내가 그들에게 잡힌다면 현주를 다시 만나는 것은 물론이고 신과 교감하는 거룩한 일과 세상을 구원하는 원대한 일까지 모든 게 도로 아미타불이다. 그런 최악의 상황이 닥쳐올지도 모르는데 잠자코 기다릴 수만은 없다. 나는 중대한 결단을 내리지 않을 수 없었다. 그동안 체내에 꾹꾹 눌러 담아놓았던 초능력을 사용하기로 마음먹은 것이다. 신과 대면하는 순간까지 단 한 방울도 낭비하지 않고 고스란히 축적해 놓으려 했던 초능력의 일부를 사용해서 현주를 찾아내기로 한 것이다.

―나에게로 오라! 나에게로 오라!

문득 바깥이 조용해졌다. 비가 그친 모양이다. 나는 침대에서 일어나 창문을 열었다. 지붕 위에 고인 빗물이 처마 끝으로 떨어지고 있을 뿐 조금 전까지 퍼붓던 장대비는 그쳐 있었다. 맑게 갠 하늘을 올려다보는 순간, 조금 전까지 안개에 갇힌 것처럼 답답했던 머릿속으로 영상 하나가 떠올랐다. 눈앞의 사진을 보는 것처럼 확실하고 선명하게 그녀의 눈과 코와 입술과 머리칼이 떠올랐다. 현주는 어느 건물 앞에 서 있었다. 나는 그 건물이 어디인지 알 수 있었다. 그녀는 그 건물 앞에서 누군가를 애타게 찾는 눈빛을 하고 있었다. 나는 서둘러 여관을 나섰다.

택시에서 내려 박물관 입구로 뛰어가자 빨간 우산을 쓴 사람 하나가 서성이고 있었다. 직감적으로 현주라는 걸 알 수 있었다. 여기저기 고여 있는 빗물을 피하며 그녀에게 다가갔다. 인기척을 느낀 현주가 나를 향해 돌아섰다.

"현주!"라고 부를 뻔했다. 상대가 먼저 말했다.

"물건을 원하시나요?"

현주가 아니라 선글라스를 쓴 사내였다. 이게 아닌데? 뭔가 이상하다. 그때였다. 어디서 나타났는지 건장한 체구의 사내 두 명이 다가와 내 팔을 꽉 붙들며 소리쳤다.

"드디어 잡았다!"

세
사
람
이

만
났
다

0.

세 사람이 만났다. 사람 1은 유일한 여자이므로 '여자'라고 부르기로 하자. 사람 2는 입술이 투박하게 생겼으므로 '투박한 입술의 사내'라고 부르기로 하자. 사람 3은 편하게 '제2의 사내'라고 부르기로 하자.

1.

이른 시각이다. 이른 시각이었지만 여자는 잠에서 헤어나 가운을 걸치고 거실로 나온다. 남자의 입김처럼 온몸을 핥아대는 알맞은 온기. 훈훈함. 여자는 남자의 혀에 몸을 맡긴 채 거실을 돌아다닌다. 소파 위에 펼쳐져 있는 패션잡지. 죽어 있는 벽시계. 바닥난 새장의 모이. 새벽까지 듣던 레코드판이 걸려 있는 턴테이블. 어지러움. 지저분함. 혼잡함. 질서. 여자는 라디오를 틀고 주방으로 가서 커피를 내린다.

— 제 별명은 꾸러기예요. 늦잠꾸러기, 심술꾸러기, 장난꾸러기, 말썽꾸러기, 욕심꾸러기, 꾸러기꾸러기…….

주방에 설치된 라디오에서는 어린이프로가 흘러나온다. 여자는 어림짐작으로 헤아린 시각을 드롭스와 함께 원두커피 속에 녹여 들이킨다.

— 어린이에게 드롭스를 먹이지 마세요. 과다한 당분 섭취는 충치의 원인입니다.

드롭스의 단내가 입안에 번진다. 아직 일렀다. 서두르지 않아도 좋은 만큼 아직 이른 시각이지만 여자는 서두른다. 빗질을 서두르며 화장을 서두르며 가운을 서두르며 브래지어와 팬티를 서두른다. 집 밖으로 나오자 거리에는 살얼음처럼 땅거미가 깔려 있다. 여자는 택시를 잡아타고 목적지로 향한다.

— 모두 모인 건가요?

역 광장에 도착하자 진눈깨비가 내리기 시작했다. 여자는 진눈깨비처럼 눈동자를 반짝이며 광장에 서 있는 두 사내에게 물었다. 진눈깨비가 어깨위에 사박사박 내려앉았다. 사박사박.

— 아직 한 사람이 도착하지 않았소.

투박한 입술의 사내가 투박하게 말하며 우산을 투박하게 펼쳤다. 우산 속에 갇힌 세 사람은 기분이 눅눅해졌다. 제2의 사내가 외투자락을 올렸다. 이제 막 열차가 도착했는지 눈으로 지은 것처럼 하얀 역사(驛舍)에서 한 무리의 사람들이 꾸역꾸역 쏟아져 나온다.

— 누가 도착하지 않았나요?

— 대학생 녀석이 아직 도착하지 않았소.

투박한 입술의 사내가 투박하게 말하여 투박한 눈길로 쳐다보았다. 진눈깨비가 눈으로 변해 사박사박 쌓여가고 있다. 어느새 어둠은 저 멀리 산을 집어삼키고 빌딩을 집어삼키고 꾸역꾸역 밀려와 세 사람 발 앞에 도착해 있다.

그런데 왜 그는 오지 않을까? 왜 아직 도착하지 않는 걸까? 어둠은 눈앞의 사람마저 갉아먹기 시작했다. 투박한 몸짓이 지워지고 투박한 입술이 지워지고 투박한 목소리가 지워졌다. 곳곳에서 네온사인이 툭툭 꽃망울을 터트렸다.

— 시간이 웬만큼 됐으니…….

제2의 사내가 회중시계를 들여다보며 말했다.

— 더 늦기 전에 출발해야 합니다.

여자를 만날 때도 그랬다. 그는 늘 약속시간보다 늦었다. 미안하다고 말하며 호텔방으로 들어선 그는 미안한 손길로 여자의 몸을 만져주었다.

— 조금만 더 기다려 봐요.

그는 여자를 거칠게 대하지 않았다. 거칠게 키스하지 않았다. 거칠게 애무하지 않았다. 거칠게 삽입하지도 않았다. 그에게는 어둠처럼 포근한 쾌락이 있다. 그러므로 그는 어둠과 함께 올 것이다. 어둠을 거느리고 올 것이다.

그러나 그는 아직도 오지 않는다. 그를 호위할 어둠은 세 사람 발아래 무릎 꿇고 머리를 조아리는데. 하는 수 없이 세 사람은 그를 단념하고 열차를 타기 위해 개찰구로 갔다. 전광판은 세 사람이 타야 할 열차를 안내해주었다.

—3번 홈으로 가십시오. 거기에 여러분이 승차할 열차가 대기하고 있습니다.

여자는 태연한 척하려고 애썼다. 투박한 입술의 사내는 투박한 걸음걸이로 뚜벅뚜벅 걸어갔다. 제2의 사내는 가판대에서 잡지를 구입했다.

—23객실이에요. 제1, 제2, 제3, 제4, 제5, 제6, 제7, 제8, 제9, 제10, 제11, 제12, 제13, 제14, 제15, 제16, 제17, 제18, 제19, 제20, 제21, 제22, 여기군요.

여자는 손잡이를 당겨 객실 문을 열었다.

—30분 후에 식당 칸에서 만납시다.

투박한 입술의 사내와 제2의 사내는 옆 객실로 들어갔다. 왜 그는 오지 않았을까? 왜 그는 도착하지 않았을까? 여자는 닫힌 객실 문에 기댔다. 그는 어딘가 병적인 데가 있다. 그는 변태였다. 여자는 핸드백에서 위스키를 꺼내 조금씩 입안으로 흘려 넣었다. 그는 심한 변태였다. 때문에 여자도 수치심에 가까운 쾌감을 느꼈다. 그가 옷을 벗는다. 여자가 옷을 벗는다. 여자가 브래지어를 벗는다. 스타킹을 벗는다. 팬티를 벗는다. 핥아줘. 여자가 개처럼 엎드린다. 그가 여자 위로 포개진다. 여자가 개처럼 걷는다. 뒤로 돌아, 앞으로 가. 하나 둘, 하나 둘. 제자리에 서. 엎드려뻗쳐. 여자가 하늘을 향해 엉덩이를 든다. 두 다리를 벌린다. 두 다리를 오므린다. 지진처럼 신비한 여자의 허리운동. 여자는 눕는다. 죽은 듯이 꼼짝도 안한다.

─군대에 있을 때 이런 일이 있었어.

여자는 칼질이 서툴렀다. 웰던으로 주문했음에도 핏물이 제대로 가시지 않은 스테이크.

─부관 녀석이 내 권총을 정비하고 있는데 친하게 지내던 당번병이 부관 녀석에게 약을 올렸어.

투박한 입술의 사내는 대령으로 예편했다. 제2의 사내는 읽던 잡지를 접으며 이야기에 귀를 기울인다.

─화가 난 부관 녀석은 총을 겨누면서 쏜다고 했지. 물론 부관 녀석은 안전장치를 잠가놓은 줄 알고 있었지. 당번병 녀석은 진짜로 쏠까 싶어서 계속 약을 올렸지.

여자는 여전히 칼질이 서툴다. 열차의 요동 때문일까? 열차의 요동 때문이다. 왜 그는 오지 않았을까? 왜 도착하지 않았을까?

─부관은 방아쇠를 당겼지. 그런데 총알이 발사된 거야. 안전장치가 풀려 있었던 거지.

―죽었군요.

죽음이라는 단어가 내포한 음울한 분위기가 식탁 위로 고여 들었다. 여자는 스테이크 먹는 걸 포기했다. 열차는 덜컹덜컹 어둠을 토막 내며 잘도 달려갔다. 여자는 와인 잔을 집어 들었다. 그의 눈이 이런 색이었지. 유리잔에 비친 와인 색.

이제 그만 일어서자고 말할 차례였다. 게임을 하러 갈 시간이라고 말할 순간이었다. 그러나 아무도 입을 열지 않았다. 투박한 입술의 사내는 스테이크를 투박하게 썬다. 제2의 사내는 잡지를 식탁 위에 내려놓는다. 그가 몸속으로 들어와 주길 기다릴 때처럼 여자는 지루하다. 지루함과 함께 새로운 식욕이 소름처럼 돋는다. 그건 일종의 성욕일지도 모른다.

그건 일종의 성욕일지도 모른다. 여자는 평소에도 성욕과 함께 식욕을 느꼈으므로. 여자에겐 식욕도 일종의 성욕이었으므로. 그와 만났을 때 가장 곤란한 건 성욕과 식욕이 함께 찾아올 때였다.

2.

〈어서 오십시오 : 파라다이스 산장〉

―지겹도록 퍼붓는군. 하늘에 구멍이라도 뚫렸나? 산이고 집이고 길이고 모두 파묻혀버리겠네.

―모처럼 오는 눈인데 반갑지 않아요?

─눈 좋아하는 건 어린애하고 똥개밖에 없어. 라면 국물이나 더 주게.

─산도 묻히고 집도 묻히고 길도 묻혀서 온 세상이 하얀색으로 평등해지잖아요.

─어떤 놈은 젊은 계집 끼고 재미 보는데 어떤 놈은 잠도 못자고 앉아서 지키고 있는 게 평등한 건가? 거참, 편리하고 평등한 세상이구만.

─지 돈 지가 쓰는데 남이 뭐라고 할 수 있나요.

─그 놈의 돈이 문제구만 돈이 문제야. 나는 말이야 눈이나 비가 오면 속이 답답해져서 울화통이 터질 것 같아.

─신기하네요. 똑같은 눈에 대한 생각이 이렇게 다를 수 있다니.

─옛말에도 있잖은가. 열 길 물속은 알아도 한 길 사람 속은 모른다고. 다 먹었으면 술이나 한 잔하지.

─라면 그릇부터 치워놓고요.

─그냥 둬. 국물로 안주하게. 내가 먼저 한 잔 따라주지.

─아뇨, 제가 먼저 따라드려야죠.

─받으라니까. 술 쏟겠네. 아무나 먼저 따라주면 어때.

─그래도 제가…… 감사합니다. 이번엔 제가 한 잔 올릴게요.

─……자, 한 잔 들지.

─펑펑 쏟아지는 눈에 감사드리며.

─캬, 좋다. 목구멍에서 술술 하고 넘어가는구나.

―역시 쏘주가 최고네요.

　―일 끝내고 마시는 쏘주 한 잔은 기가 막히지. 뼈마디에 맺혀 있는 피로까지 싹 씻어가 버린다니까. 공사판 일 마치고 동료들과 함바집에서 쏘주 한 잔 걸치던 때가 좋았지. 그 시절에는 부러운 게 없었어.

　―어쩌다 이런 산골로 오시게 됐어요?

　―다리 때문이야. 일하다 벽돌에 깔렸어. 다행히 잘라내지는 않았지만 절름발이가 됐지. 치료비 한 푼 못 받고 쫓겨났어. 모아놓은 돈도 없고. 결국 여기까지 굴러온 거지. 늙고 몸도 성하지 못한 놈 일할 데가 이런 산골 말고 있겠어?

　―그러셨군요. 한 잔 더 받으세요.

　―옛날 생각하면 뭐 해. 다 일장춘몽 뜬구름인데. 술이나 먹고 한숨 자는 게 최고야. 카아, 좋다. 그런데 자네는 어째서 이런 데까지 굴러왔나? 관상을 보니 산골 구석에서 일할 사람이 아닌데.

　―사람 앞날을 알 수 있나요? 잘되면 정승이고 못되면 머슴이죠.

　―나야 절름발이에다 나이도 오십을 넘었으니 이제 희망이 없지만 자네는 한창 때 아닌가? 젊었을 때 죽어라고 일해서 돈 많이 벌어놔야 늙어서 편해. 사람 나고 돈 났다고 하지만 요즘 세상이 어디 그런가? 돈이 사람 잡아먹는 세상인데. 돈이 최고야. 젊었을 때 무슨 짓을 해서라도 한 밑천 잡아놔야 해. 나처럼 후회하지 말고.

　―아저씨가 어때서요? 조용한 산 속에서 맑은 공기 마시며 산

새들과 지내는 게 좋지 않으세요?

—남자로 태어났으면 여봐라 호령하며 살아야지 산 구석에 처박혀서 새파랗게 젊은 놈들에게 굽신 거리는 게 뭐가 좋나?

—아이고, 잘못했습니다. 한잔 더 드세요.

—암만 봐도 자네는 이런 데 있을 상이 아닌데…… 됐네.

—이제 손님들이 하나 둘씩 오기 시작하네요.

—외제차가 좋긴 좋아. 이런 날씨에 여기까지 올 수 있으니.

—오늘 밤새도록 파티한대요. 구경 가보실래요?

—있는 놈들은 돈을 못 써서 환장하는군. 자네나 가보게. 나는 여기나 지키고 있을 테니.

—같이 가시죠. 여긴 잠시 비워도 괜찮아요. 거기 가면 좋은 술도 많을 거예요.

—내가 젊은 놈들 틈에 왜 끼어? 난 쏘주가 최고야. 캬아, 눈 한 번 찐하게 내리네. 자네나 올라가봐. 순찰도 돌 겸. 나는 다리가 불편해서 눈길에 미끄러지면 골치 아파.

—그럼 제가 가서 양주나 한 병 얻어올게요.

—난 그딴 술 체질에 안 맞아. 쏘주가 최고라니까.

—알겠습니다. 한 바퀴 돌아보고 오겠습니다.

—조심해서 다녀오게.

3.

방안은 알맞게 따뜻했다. 알맞은 시각. 알맞은 장소. 알맞은 분위기. 알맞게 섭취한 음식물. 알맞은 취기. 알맞은 온기. 알맞은 안온함. 투박한 입술의 사내는 상의를 투박하게 벗어서 옷걸이에 걸고 와이셔츠 소매 단추를 풀며 창가에 마련된 탁자로 간다. 투박한 입술의 사내는 와이셔츠 위에 사냥꾼 조끼를 받쳐 입고 있다. 투박한 입술의 사내는 도박만큼이나 사냥을 좋아한다.

─사냥에서 중요한 건 찬스를 놓치지 않는 거야. 죽음 직전의 정적으로 가득한 숲 속. 자신의 운명도 모르고 다가오는 짐승들 발자국 소리. 몰이꾼들이 내지르는 타음. 폭죽처럼 터지는 총알. 사방으로 번지는 연기와 화약 냄새. 목표물을 향해 미친 듯이 달려가는 사냥개. 그런 것들이 동시다발로 벌어지는 순간을 즐기려고 사냥을 하지.

여자는 핸드백을 소파에 처박으며 자신도 소파에 처박힌다. 여자의 어깨를 짓누르는 적당량의 피곤함. 적당량의 알코올. 적당량의 식욕. 적당량의 성욕. 왜 그는 오지 않았을까? 왜 그는 도착하지 않았을까? 이상한 일이다. 그는 오지 않았음에도 불구하고 그를 호위하고 올 어둠의 군사들은 열차와 동행중이다. 여자는 핸드백을 열고 담배를 꺼내 문다. 가스냄새와 함께 솟아오르는 라이터 불꽃. 입술의 가장자리로 새어나오는 크림색 연기.

그는 지금쯤 어디에 있을까? 그는 지금쯤 무엇을 하고 있을까?

여기는 수심 1만 미터의 물속. 해파리처럼 유영하는 담배연기. 발 아래 숨죽이고 엎드린 시간. 고고히 닻을 내린 적막. 여기는 수심 1만 미터의 물 속. 누구든지 응답하라. 열차는 여전히 요동치고 있다. 비행기가 이륙할 때의 롤링처럼. 오르가즘에 도달하지 직전의 떨림처럼. 그는 침대에 들 때 양말을 벗지 않았다. 그가 하얀 양말은 신은 채 여자의 몸 위로 올라올 때마다 여자는 의아했다. 발가락에 결함이라도 있나? 끔찍한 흉터? 보기 싫은 발톱? 끊어져버린 발가락? 어느 날 여자는 강제로 그의 양말을 벗겨버렸다. 그의 발은 얼음처럼 차가웠다. 발가락과 발톱 끝마저 차가웠다. 겨울의 분신 같은 그. 눈사람처럼 차가운 몸을 가진 그.

여자는 창밖을 내다본다. 12월의 어둠과 12월의 눈과 12월의 산야가 거기에 있다. 자작나무 타는 냄새라도 풍겨올 것처럼 아늑한 분위기. 아늑한 산야. 아늑한 실내. 제2의 사내는 커피를 내린다. 제2의 사내가 내리는 커피는 진하다. 제2의 사내는 맵시 있는 손놀림으로 커피를 내려서 맵시 있는 찻잔에 담아 맵시 있게 탁자까지 배달한다. 커피 배달을 마친 제2의 사내는 주머니에서 카드를 꺼내 손바닥 위에 올려놓는다. 도마 위의 연어를 손질하는 요리사처럼 제2의 사내는 능숙하게 카드를 다룬다. 제2의 사내가 회칼처럼 날카롭게 손을 움직일 때마다 은가루 같은 비늘이 떨어져 나가고 몸체가 토막토막 잘려 나간다.

여자는 다시 창밖을 본다. 적막한 지상으로 사박사박 내리는 눈.

그 위로 한잎 두잎 쌓이는 어둠. 그 어둠 위로 누적되는 시간. 아무 것도 식별할 수 없음. 닫힌 시야. 제2의 사내는 더욱 능숙한 손놀림으로 카드를 요리하고 여자는 더욱 깊숙한 시선으로 어둠을 바라본다. 12월의 어둠. 12월의 눈. 12월의 산야. 하염없이 쏟아지는 눈발 속에 하염없는 벌판 하나가 누워 있다. 그의 등판처럼 황량한 벌판 위로 사박사박 쌓이는 은백색 어둠의 입자. 제2의 사내가 카드를 요리한다. 달빛처럼 빛나는 칼날. 생선의 퍼덕거림. 최후의 발악. 난도질. 살해. 음모. 제2의 사내가 카드를 돌린다. 칼날처럼 빛나는 손톱. 탁자 위로 미끄러지는 카드의 마찰음. 허물처럼 떨어지는 은전 몇 닢.

여자 앞에 카드가 놓인다. 투박한 입술의 사내 앞에도 카드가 놓인다. 투박한 입술의 사내는 담배를 한 대 꺼내 투박한 입술에 물고 불을 붙인다. 입 안에 머금은 연기를 투박하게 내뱉으며 카드를 집어 든다. 순간, 세 사람 주위로 고여 드는 경건한 침묵. 부유하는 담배연기. 부유하는 시간. 빈틈없이 들어찬 어둠. 어둠처럼 촘촘한 시간. 이제 게임은 시작되었다. 여자는 창밖으로 눈을 돌린다. 아무 것도 식별할 수 없음. 닫힌 시야.

4.

그는 10미터 앞에서 펄럭이는 초를 겨냥했다. 쐈다. 총알은 정확하게 초의 대퇴부를 맞추었다. 초는 흔적 없이 사라졌다. 사방으로 튄 촛농을 맞은 한 여자가 벌레처럼 꿈틀댄다.

—움직이지 마!

그의 날카로운 고함이 얼음조각처럼 튄다. 여자는 어깨를 찔끔거리며 움츠러든다. 그는 탄창을 열고 다시 실탄을 장전한다. 철커덕, 철컥. 움츠러드는 사물. 움츠러드는 시간.

—움직이면 쏜다. 이건 엽총이다. 멧돼지를 잡는 엽총이다. 연습용이 아니다. 사람의 두개골쯤은 한방에 박살낼 수 있다.

그는 발밑을 내려다본다. 여러 개의 탄피가 널려 있다. 그 옆에는 두 구의 시체가 아직도 더운 피를 콸콸 쏟아내고 있다. 피비린내가 코를 자극한다. 한쪽 구석에는 여러 명의 사람들이 금방이라도 울음을 터트릴 것 같은 얼굴을 한 채 쭈그리고 앉아 있다. 그는 베란다로 다가간다. 커다란 유리문에 달려 있는 자주색 커튼을 잡아떼어 엽총을 닦는다. 시커먼 총신을 문지르는 벨벳 커튼의 마찰음이 사람들 가슴살을 한 조각씩 저며 낸다.

—웨이터, 웨이터. 안 들려?

그는 고래고래 소리치며 실내를 둘러본다. 불씨가 꺼져가는 벽난로 쪽에 십여 명의 남자가 쪼그려 있고 의자와 탁자로 바리케이드를 쌓아놓은 입구 쪽에는 십여 명의 여자가 오들오들 떨고 있다. 그는 남자들 속에서 나비넥타이를 발견한다.

—너, 양주 한 병 가져와. 잔은 필요 없어. 제일 비싼 걸로 가져와.

그는 총을 감싸 쥔 채 다시 베란다로 간다. 커튼을 벗겨버린 창에는 성에가 가득 끼어 있다. 그는 손바닥으로 유리창을 문질러 본다. 단단하다. 거북이 등껍질처럼 차고 단단하다. 그는 총으로 유리창을 깨버린다. 여자들의 비명이 터진다. 유리창 밖에서 서성이던 차가운 바람이 유리조각과 함께 실내로 왈칵 뛰어든다. 그는 손바닥으로 얼굴을 가린다. 유리조각이 손바닥에 박힌다. 피가 손금을 타고 흘러 한 곳으로 고여 든다. 그는 바지에 아무렇게나 손을 문지른다.

그는 나비넥타이가 가져온 양주병을 딴다. 창밖은 검은 물감을 가득 풀어놓은 것처럼 깜깜하다. 아무 것도 식별할 수 없다. 닫힌 시야. 줄칼로 윙윙 손톱을 갈고 있는 바람과 우울한 표정의 눈발들만 어둠 속을 배회하고 있다. 그는 양주를 한 모금 머금더니 입가심을 하고 양탄자 위에 뱉는다. 다시 양주병을 입에 대고 꿀떡꿀떡 반병쯤 들이킨다. 뱃속이 따뜻해진다. 혈관 속으로 퍼지는 알코올의 입자. 하지만 손끝은 얼음처럼 차다. 갑자기 그가 벽난로를 향해 양주병을 던진다. 한 조각의 불안과 한 조각의 공포를 머금은 유리조각이 사방으로 튄다. 그는 천장을 향해 총을 쏜다. 여자들의 비명이 터진다. 여자들 비명 위로 천장에 달려 있던 샹들리에가 떨어진다. 휘황찬란하게 피어오르는 먼지. 휘황찬란하게 튀어 오르는 유리파편.

　―경찰은 왜 안 오는 거야?

그가 소리친다. 총을 든다. 베란다의 유리문을 깨부수기 시작한다. 유리를 부순다. 유리를 부순다. 유리를 부순다. 그의 손은 유리 조각과 피가 범벅이 되어 빨간색 고무장갑을 낀 것처럼 번들거린다. 그는 다시 소리친다.

— 웨이터, 술 더 가져와. 그리고, 너.

그는 벽난로 옆에 쭈그리고 있는 한 남자와 시선이 마주친다.

— 경찰에 전화해 봐. 왜 안 오는 건지 물어봐. 네가 살고 싶으면 빨리 오라고 해.

한 남자는 뒷주머니에서 핸드폰을 꺼낸다. 버튼을 누른다. 귀에 댄다.

— 여보세요? 경찰입니까? 위급합니다. 빨리 와주세요. 여보세요? 경찰입니까? 위급합니다. 빨리 와주세요. 여보세요?

그는 밖을 내다본다. 여전히 시선을 차단하는 어둠. 방황하는 눈발. 갑갑함갑갑함갑갑함갑갑함갑갑함갑갑함갑갑함갑갑함갑갑함갑갑함갑갑함갑갑함갑갑함갑갑함갑갑함갑갑함. 어디선가 낮은 휘파람 소리가 들려온다. 마른 풀잎끼리 몸을 부비는 소리. 그는 가만히 귀를 기울인다. 풀밭에서 나는 소리인가? 여기에는 풀밭이 없다. 풀밭은 너무 멀리 떨어져 있다. 풀밭을 찾아도 풀은 하나도 없다. 연약한 풀들은 혹독한 겨울을 이기지 못하고 모두 얼어 죽었다. 의자와 탁자로 바리케이드를 쌓아놓은 입구 근처에서 한 여자가 입을 동전처럼 오므리고 있다. 그는 그 여자에게서 풀잎 냄새를 맡

왔다. 여자는 풀색 티셔츠에 풀색 파카와 풀색 바지를 입고 있다.

—거기 휘파람 부는 애, 이리 와.

—저 말예요 아저씨?

—그래, 너.

—왜요 아저씨?

—휘파람은 왜 불어?

—추우니까 입이 얼었어요. 입을 녹이려고요 아저씨.

—아저씨 소리 뺄 수 없니?

—그럼 뭐라고 불러요? 자기? 오빠? 선생님? 미스터 인질범?

—시끄러! 내가 널 부른 건 그녀가 생각났기 때문이야. 너는 그녀를 닮은 데가 있거든.

—제가 누굴 닮아요? 기분 나쁘게.

—그녀도 너처럼 작은 입을 가지고 있지. 에스프레소 잔처럼 자그마한 입.

5.

여자는 커피포트에서 커피를 따른다. 김이 모락모락 나는 커피가 찻잔에 반쯤 차오른다. 알맞은 그윽함. 알맞은 훈훈함. 제2의 사내는 여자를 힐끔 쳐다보더니 다시 카드를 돌린다. 제2의 사내는 무서운 남자. 절대로 빈틈을 보이지 않는 남자. 브라운색을 좋아하는 남자. 잡지를 좋아하는 남자. 카드를 좋아하는 남자. 각설탕 같은 여자의 마음을 커피처럼 녹여버리는 남자. 회중시계, 포마드, 파이프 담배가 어울리는 남자. 제2의 사내는 포커를 칠 때 더 무서운 남자. 칼질에 능숙한 남자. 카드는 한 마리 싱싱한 생선. 제2의 사내가 회칼처럼 날렵하게 손을 움직일 때마다 은가루 같은 비늘이 떨어져 나가고 몸체가 토막토막 잘려나간다.

투박한 입술의 사내는 투박한 눈길로 여자를 한번 쳐다보더니 자신의 카드를 조심스레 들춰본다. 여자는 탁자에 커피 잔을 내려놓는다. 창밖을 본다. 창밖의 어둠은 커피처럼 진하다. 여자는 핸드백에서 작은 라디오를 꺼낸다. 적당히 주파수를 맞추고 적당히 볼륨을 높여서 적당한 위치에 둔다.

─뉴스 속봅니다. 어젯밤 열한시 경 ○○시에 있는 ○○산장에 이십대 남자가 총기를 휴대하고 침입해서 크리스마스 연휴를 즐기던 남녀 이십여 명을 인질로 한 채 급히 출동한 경찰과 이 시간까지 대치하고 있습니다. 인질범의 나이는 이십대 중반으로 짐작되며 키는 180센티미터 정도에 마른 체구로 지난 가을 파리에서 열린 가을 겨울을 위한 헤어스타일 발표회에서 선보인 세미 롱 헤어스타일을 하고 있고 카키색 재킷과 블루진 차림이라고 합니다. 인질범은 엽총을 휴대하고 산장에 침입한 다음 출입구를 막아버리고 베란다의 유리창을 모두 깨버렸으며 현재 양주 두 병을 마신 상태에서 인질 중 한 사람과 이야기를 하고 있다고 합니다. 아직까지

인질들의 안전 상태와 인질범의 요구조건이 무엇인지는 알려지지
않고 있는데 인질범은 간간이 총을 쏘아대고 기물을 파손하면서
인질들을 공포에 떨게 하고 있습니다. 이상으로 긴급뉴스를 마치
며 추가 소식이 들어오는 대로 다시 알려드리겠습니다.

6.

쉿! 귀 기울여주세요. 지금부터 제 가슴 속에 문신처럼 새겨져
있는 그녀의 이야기를 해드리겠습니다. 그녀는 절름발이입니다.
날 때부터 그녀는 한쪽 다리를 방아깨비처럼 절름절름했습니다.
어린 그녀에게 그것은 가혹한 형벌이었습니다. 평생을 한쪽 다리
를 절면서 살아가기엔 세상은 너무나 험난했습니다. 하지만 그녀
는 티 없이 자라났습니다. 아무것도 몰랐기에 그녀는 티 없이 자
라날 수 있었습니다. 어릴 때 그녀는 한 조각 수정 같았지요. 맑고
밝고 투명한. 초등학교에 들어간 그녀는 다른 아이들과 스스럼없
이 어울렸습니다. 그때는 아무도 몰랐습니다. 그때는 아무도 몰랐
기 때문에 누구든 친구가 될 수 있었습니다. 학교에 다니면서 그녀
는 슬슬 재능을 나타내기 시작했습니다. 그녀는 예술 방면에 남다
른 재능을 가지고 있었습니다. 그때부터 그녀를 시기하는 아이들
이 생기기 시작했습니다. 그녀의 부모는 그녀를 학교에서 빼내 예
술학원에 입학시켰습니다. 그녀의 남다른 재능을 제대로 키워보

기 위해서였습니다. 그녀의 어머니는 많은 돈을 들여서 그녀를 뒷바라지했습니다. 그녀는 열심이었습니다. 한쪽 다리가 불편한 것도 잊어가며 열심히 그림을 배우고 피아노를 배우고 노래를 배웠습니다. 그녀는 점점 다른 아이들을 앞서 갔습니다. 하지만 그녀가 배울 수 없는 게 딱 한 가지 있습니다. 그것은 무용이었습니다. 다리가 불편한 그녀는 어쩔 수 없었습니다. 그것을 상쇄하기 위해 그녀는 다른 걸 더욱 열심히 했습니다. 그런데 그녀의 동기생들이 하나둘 어린이 드라마나 어린이 합창단이나 어린이 무용단에 뽑혀갈 때까지 그녀는 오디션 한번 받아보지 못했습니다. 그녀의 어머니는 원장에게 물었습니다. 원장의 대답은 간단했습니다. 절름발이 절름발이절름발이절름발이절름발이절름발이절름발이절름발이절름발이절름발이절름발이절름발이절름발이절름발이. 원장의 한마디는 어린 그녀의 가슴에 커다란 못이 되었습니다. 그녀는 그날부터 미운 오리새끼처럼 살아갔습니다. 비로소 그녀는 알 것 같았습니다. 어쩔 수 없는 것. 원래 그렇게 정해져 있는 것. 그녀는 모든 것들이 밉고 싫어졌습니다. 보기 싫은 학원. 보기 싫은 원장. 보기 싫은 그림. 보기 싫은 피아노. 보기 싫은 노래. 보기 싫은 친구들. 그녀 앞에 놓인 세상은 그녀의 힘으로 이겨내기엔 어림도 없었습니다. 날이 갈수록 좌절감만 커졌습니다. 그녀의 몸과 마음은 만신창이가 되어갔습니다. 그러나 그녀는 굴하지 않았습니다. 아직은 힘이 부족하기 때문이라고 생각했습니다. 그래서 그녀는 힘을 키우기로 했습니다. 힘을 키우기 위해서 하나씩 바꾸어갔습니다. 열심히 하던 그림을 버리고 피아노를 버리고 노래를 버렸습니다. 대신 공부공부공부만 죽어라고 했습니다. 마침내 그녀는 원하던 대학의 원하던 학과에 1등으로 입학할 수 있었습니다. 그때였습니다. 그녀가 우리집에 가정교사로 온 것은.

6-1.

봄, 봄, 봄이 왔다. 은빛 화살 같은 햇살이 화단에 폴폴 내리꽂히는 봄이 왔다. 그리고 그녀가 왔다. 한쪽 발을 절름거리면서 그녀가 왔다. 난 첫눈에 그녀에게 반했다. 그녀의 맑음, 투명함, 신성함. 세상 끝까지 가도 그녀 같은 여자를 만날 수 있을까?

─미국의 동물학자가 아프리카 초원에서 야생 사자를 네 마리 사로잡았습니다. 그런데 사자들을 운반할 것은 택시밖에 없습니다. 사나운 사자 네 마리를 택시에 태우는 방법은?

그녀는 웃지 않았다. 말도 많이 하지 않았다. 어쩌다가 셀로판지 같은 입술 사이로 덧니가 살짝 드러날 때마다 한번만이라도 그녀가 환하게 웃는 모습을 보고 싶었다.

─그것도 몰라요? 뒷좌석에 세 마리, 앞좌석에 한 마리. 이렇게 태우면 됩니다.

그녀를 웃게 하려고 온갖 허무 개그를 동원했지만 무효였다. 그녀는 정말 웃음을 모르는 걸까? 그녀에게서 웃음을 앗아간 건 무엇일까? 여러 날이 흐른 뒤 그녀와 겨우겨우 친해졌을 때, 그녀는 이렇게 말했다. 에스프레소 잔처럼 조그만 입술로 소곤소곤.

—조그만 집을 갖고 싶어요. 동화책에 나오는 것처럼 웨이퍼로 지붕을 올리고 생크림으로 벽을 바르고 초콜릿 문이 달린 조그만 집.

—걱정 말아요. 내가 이 황폐한 도시를 모두 부서버리고 그 위에 동화 같은 집을 지어줄게요.

—그 집에 조그만 침대를 하나 들여놓고 조그만 창문을 하나 만들고 싶어요. 그것이면 족해요. 비스킷으로 만든 조그만 침대와 사탕으로 만든 조그만 창문. 조그만 창문으로 보이는 작은 정원. 그런 곳이라면 행복할 수 있을 거예요. 비스킷으로 만든 조그만 침대에 누워 사탕으로 만든 조그만 창문으로 하늘 위로 흘러가는 설탕으로 만든 별을 보면서 달콤한 꿈을 꾸고 싶어요.

7.

여자는 세 잔째 커피를 마신다. 왜 그는 여기에 오지 않고 거기에 갔을까. 인질범의 나이는 이십대 중반으로 보이고 키는 180센티미터 정도에 마른 체구의 남자입니다. 그는 왜 그런 끔찍한 일을 벌이고 있는 걸까. 지난 가을 파리에서 열린 가을 겨울을 위한 헤어스타일 발표회에서 선보인 세미 롱 헤어스타일을 하고 있으며 카키색 재킷과 블루진 차림이라고 합니다. 그는 어디서 총을 구했으며 무슨 이유로 인질극을 벌이고 있는 걸까. 인질범은 엽총을 휴대하고 산장에 침입한 후 출입구를 폐쇄해버리고 베란다의 유리창을 모두 깨버렸다고 합니다. 그는 과연 어떻게 될까. 인질범은 현재 양주 두 병을 마신 상태에서 인질 중 한 사람과 이야기를 하고 있다고 합니다. 그는 다시 나를 만나러 올 수 있을까. 카키색 재킷. 블루진. 세미 롱 헤어스타일. 여자는 카키색을 좋아한다. 쿠키도 좋아한다. 카키 쿠키. 카키는 젊음의 색. 카키는 생명의 색. 카키 쿠키.

제2의 사내가 다시 카드를 돌린다. 회칼처럼 번득이는 손놀림. 탁자 위를 미끄러지는 카드의 마찰음. 짤랑거리면서 떨어지는 은전 몇 닢. 푸른 담배연기. 침묵. 여자는 자신의 카드를 손에 쥔다. 어쩌면 그는 버릇처럼 손톱을 물어뜯고 있을지도 모른다. 불안. 초조. 숨 막힘. 긴장. 잘근잘근.

― 왜 이렇게 손이 못생겼어?

― 심심할 때마다 물어뜯어서 그래.

― 손톱을 물어뜯으면 안 심심해져?

― 치아 사이로 손톱이 뜯겨져 나올 때마다 가슴 속에 박혀 있는 슬픈 기억들을 한 조각씩 뜯어내는 기분이야.

그렇게 못생긴 손톱을 가진 손으로 어쩌면 그렇게 부드러운 애무를 할 수 있을까? 비누 거품 속에 몸을 내맡긴 것 같은 부드러움.

여자의 손톱이 필요할 때 : 매니큐어 칠할 때, 바가지 긁을 때, 꼬집을 때, 할퀼 때, 코딱지 후빌 때. 남자의 손톱이 필요할 때 : 배고플 때, 심심할 때, 비듬 긁을 때, 여드름 짤 때, 콧수염 뽑을 때.

—기죽지 마.

여자는 그런 말로 그를 격려하곤 했다. 그는 소심했다. 협심증 환자. 가학성 열등감. 발기불능. 변태. 하지만 한 번 불이 붙으면 무섭게 타오른다. 게다가 그에게는 차가움이 있다. 도마뱀 같은 냉혹함. 겨울의 분신 같은 사내. 눈사람 사내. 그에게는 어둠도 있다. 어둠 같은 포근함. 어둠 같은 안락. 어둠 같은 쾌락. 그는 종잡을 수가 없다. 무엇으로도 그를 설명할 수 없다.

제2의 사내가 다시 카드를 돌린다. 회칼처럼 번득이는 손놀림. 탁자 위를 미끄러지는 카드의 마찰음. 짤랑거리면서 떨어지는 은전 몇 닢. 푸른 담배연기. 경건한 침묵. 어쩌면 그는 총을 마구 갈겨대면서 대한국민 만세를 외칠지도 모른다. 그는 엉뚱한 데가 있으니까. 그런데, 그는 나를 다시 만나러 올 수 있을까.

8.

저녁 무렵이었다. 저녁 무렵에 둘은 만났다.

—얼마 전에 이찬혁과 이수현이 자매가 아니라는 소문이 있었습니다. 그래서 알아보니까 이찬혁과 이수현은 남매라고 하네요.

하하하, 노래나갑니다.

　그런 커피숍이었다. 디제이가 음악을 틀어주는 그런 커피숍에서 저녁 무렵에 둘은 만났다. 만났으나 둘은 아무 말도 없었다. 그녀는 만년필로 사각사각 종이 위에 낙서만 해댔고 그는 그녀의 하얀 손을 물끄러미 내려다보았다. 언제나 그랬다. 하고 싶은 말은 많았지만 정작 만나면 별로 말이 없었다.

　일부러몇발자국물러나내가없이혼자걷는널바라본다옆자리허전한너의풍경흑백거리가운데넌뒤돌아본다그때알게되었어난널떠날수없단걸우리사이에그어떤힘든일도이별보단버틸수있는것들이었죠어떻게이별까지사랑하겠어널사랑하는거지담배한개비담배한개비만빌립시다건강을위하여지나친흡연을삼갑시다지나친흡연은건강을해칩니다건강을생각하여지나친흡연을삼갑시다건강을고려하여지나친흡연은삼가합시다지나친흡연을위하여건강을해칩시다건강은건강을해치고지나친흡연을위하여건강을해칩시다건강은건강을해치고…….

　―만년필이 새네.

　그녀의 손가락에 검정색 잉크가 묻었다. 푸른 정맥이 환히 내비치는 그녀의 손은 겨울나무처럼 앙상했다.

　―잉크가 물로 지워진다면 좋겠어.

　―왜?

　―내 혀로 지워버리게.

176

그녀는 소리 없이 웃었다. 맥주 거품 같은 그녀의 웃음. 그녀의 웃음을 보고 있으면 그녀의 몸 안에서 작은 고리들이 찰랑찰랑 흔들리는 것 같다. 그녀와 함께 있다는 것. 그녀를 두 눈에 담을 수 있다는 것. 그녀가 호흡하는 공기를 나눠 마실 수 있다는 것. 이 지상에 그녀와 함께 살고 있다는 것만으로도 그는 충분히 행복했다. 세상 끝까지 간다 해도 그녀 같은 여자를 만날 수 있을까? 그녀의 맑음, 투명함, 신성함. 둘은 늦게까지 커피숍에 있다. 종업원이 문 닫을 시간이에요, 라고 할 때까지 커피숍에 있다. 커피숍을 나온다. 바람의 차가운 입술이 체온을 한 모금씩 훔쳐간다.

그녀가 몸을 움츠렸다. 그는 그녀를 꼭 껴안아주었다.

—어둠이 물로 지워진다면 좋겠어.

—왜?

—내 혀로 지워버리게.

문득 그녀의 혀가 궁금해졌다. 그녀의 작고 새빨간 혓바닥. 그녀가 아이스크림을 먹자고 했다. 그녀는 편의점으로 뛰어가서 사과 한 개와 아이스크림 하나를 사들고 왔다. 그녀는 그에게 사과를 내밀었다. 그녀의 여윈 가슴을 보는 것 같았다. 그는 그녀의 가슴을 두 손에 받아 쥐었다. 그녀는 아이스크림 껍질을 벗겼다. 껍질을 벗긴 아이스크림을 조금씩 핥아먹기 시작했다. 에스프레소 잔처럼 자그마한 그녀의 입 주위에 아이스크림이 묻었다. 그는 휘파람을 불듯이 그녀를 부르며 입술을 더듬었다. 아이스크림을 먹은 그녀의 입술은 차가웠다. 그녀에겐 덧니가 있다. 그는 그걸 느낄 수 있다. 그녀의 입속에서 아이스크림과 함께 그의 혀가 녹고 있다. 그는 그녀의 손을 찾았다. 그녀의 손은 너무 먼 데 있다. 그의 한쪽 손에는 사과가 있고 다른 한쪽 손에는 책이 있고. 그녀의 한쪽 손에는 아이스크림이 있고 다른 한쪽 손에서는 은하수가 흘렀다.

이튿날 아침 그녀의 자리는 비어 있다. 모든 게 어젯밤 그대로 정돈된 채이다. 정돈된 잠옷. 정돈된 시트. 정돈된 슬리퍼. 정돈된 서랍. 간밤에 아무도 머물다 가지 않은 것처럼 모든 걸 정돈해 놓고 그녀는 어디로 갔을까? 여분의 체온과 여분의 숨결과 여분의 향기를 남겨놓고 그녀는 어디로 사라졌을까? 그녀는 사라졌지만 이 방 어딘가에 그녀의 냄새가 남아 있다. 저 커튼 뒤 저 거울 앞 저 욕조 안 내 입술 끝에 그녀는 자신의 냄새를 묻혀놓았다. 그녀는 아직 이 방에 머물러 있다. 내 입술에 내 혀에 내 손에 내 겨드랑이에 내 몸 구석구석에 그녀가 남겨져 있다.

―그녀를 찾아내란 말이야!

그는 벌떡 일어서며 방아쇠를 당긴다. 그 앞에 쪼그리고 있던 여자가 뒤로 주춤주춤 밀려가더니 쓰러진다. 놀란 관객들. 과연 그녀는 어디로 사라진 걸까? 시간은 어젯밤 그 시각에 멎어 있고 모든 사물도 제자리에 정돈된 채인데. 그는 쓰러진 여자를 발로 건드려본다. 아무런 반응이 없다. 발로 여자의 몸을 들추자 피비린내가 왈칵 풍겨온다. 양탄자에는 여자의 몸에서 흘러나온 피가 잔뜩 배여 있다. 그는 피 묻은 발로 첨벙첨벙 벽난로 쪽으로 걸어간다.

—중단된 파티를 속개합시다.

그는 관객들을 향해 말한다. 그리고 소리친다.

—웨이터. 자작나무 좀 가져오겠나? 석유 좀 가져오겠나? 술 좀 가져오겠나?

나비넥타이는 무대 뒤로 사라지고 그는 베란다로 간다. 바닥에 떨어져 있는 유리조각들이 그의 발에 밟혀 비명을 지른다. 어느덧 눈은 멎어 있다. 눈은 멎고 차가운 바람이 쌓인 눈을 밟으며 몰려다니고 있다.

저만치 산장 입구에는 경찰차와 구급차가 여러 대 서 있다. 경찰차와 구급차 사이에는 바바리코트를 입은 사내가 서 있다. 바바리의 코에서는 허연 김이 연신 쏟아져 나온다. 바바리는 주위를 둘러본다. 계곡과 들녘 위로 새벽 어스름이 뻗쳐오고 있다. 경찰차와 구급차 뒤쪽에서 여러 명의 경찰관과 얘기를 나누던 가죽잠바 입은 사내가 바바리에게 다가온다.

—반장님, 결단을 내려주십시오. 희생자가 늘고 있습니다. 남아 있는 인질이라도 빨리 구해야 합니다.

바바리는 가죽잠바의 말에 코끝을 찡그린다. 바람이 바바리와 가죽잠바의 목덜미를 할퀴고 지나간다.

—진행해.

바바리가 짧게 말하자 가죽잠바는 고개를 까딱하더니 경찰관들에게 다가간다. 바바리는 베란다를 주시한다. 가죽잠바는 경찰관들에게 뭐라고 지시한다. 이윽고 가죽잠바와 경찰관들이 어디론가 사라지고 바바리만이 겨울의 이정표처럼 서 있다.

그는 다시 벽난로 앞으로 간다. 나비넥타이가 벽난로 속에 자작나무를 쌓고 있다. 차곡차곡. 준비된 석유. 준비된 술. 준비된 파티.

—그 위에 석유를 뿌려. 골고루 탈 수 있게.

그는 담배를 꺼내 문다. 불을 붙이고 한 모금 깊숙이 빨아들인다. 허파에 차오르는 푸른 담배연기. 반쯤 피우던 담배를 벽난로 속으로 던진다. 솟아오르는 불꽃. 그의 눈 속으로 불꽃이 옮겨진다. 관객들 얼굴 위로도 불꽃이 옮아간다. 타닥타닥. 열기를 내뿜으며 타오르는 자작나무를 바라보던 그가 갑자기 뒤돌아선다.

—거기 양복 입으신 분 이리 나와 주세요.

그는 객석을 둘러보다 누군가를 지목한다. 관객들은 웅성거리며 주위를 두리번거린다.

—양복 입은 사람은 없는데? 양복 입은 사람 없어.

—저기 있네. 출입구 앞에!

자신은 제외되었다는 안도감에 젖은 시선들이 출입구 쪽으로 모아지고 검은색 양복을 입은 남자가 무대 위로 등장한다.

—선생을 모신 건 다름이 아니라 이 기쁘고 즐거운 파티를 위해 축사를 부탁드리기 위해서입니다. 축사라는 게 선생처럼 양복에 와이셔츠에 넥타이 맨 신사가 하는 거 아닙니까? 너무 부담 갖지

마시고 간단하게 한 말씀 해주시면 됩니다.

그는 말을 마치고 술병의 마개를 비튼다. 검은색 양복은 금방이라도 울음을 터트릴 것 같은 표정을 짓고 있다.

—관객 여러분, 이 신사에게 박수를 쳐주시죠.

객석 여기저기서 박수소리가 들리기 시작하더니 마침내 모든 관객이 요란하게 박수를 친다. 박수소리가 잦아들자 검은색 양복은 느리게 입을 연다.

—시이인사아수욱녀여러부운오느을이뜨웃기픈자아리르을마아지하아여어서어…….

—너무 어렵게 하지 말라니까, 씨팔.

그가 소리치자 검은색 양복의 몸이 휘청거린다.

—다시 해!

검은색 양복은 목젖을 한번 꿀꺽 삼키더니 다시 입을 연다.

—시이인사아수욱녀여러부운오느을이이뜨웃기픈자아리르을마아지하아여어서어마아지하아여어서어마아지하아여어서어…….

—개애새끼, 신사숙녀는 더럽게 찾고 있네.

그는 검은색 양복을 향해 술병을 던진다. 술병이 깨지고 검은색 양복의 머리가 깨지고 검은색 양복의 머리에서 피가 흐르고 검은색 양복은 흐르는 피를 막기 위해 손을 머리로 가져간다. 관객들은 꼼짝도 하지 않고 다음 장면을 기다린다.

—신사숙녀 여러분. 이제 파티를 시작합시다. 먼저 축하노래를

부릅시다. 큰소리로 노래를 부릅시다. 다 같이, 거룩한 밤 고요한 밤.

　그는 객석을 향해 총구를 겨누며 말했다. 겁에 질린 관객들은 어쩔 수 없이 하나둘 노래를 부르기 시작했다.

　—고요한밤거룩한밤어둠에묻힌밤주의부모앉아서감사기도드릴때아기잘도잔다…….

　—좀 더 큰소리로 부르란 말이야! 거룩한 밤 고요한 밤.

　그는 다시 양주병을 집어 든다. 마개를 비튼다. 벽난로 속에서 타닥타닥 불꽃이 솟아오른다. 사내는 불꽃을 향해 총을 쏜다. 불꽃이 사방으로 튄다. 벽난로 위의 시계를 쏜다. 시계 속의 시간이 사방으로 튄다. 벽난로 옆에 쌓여 있는 술병을 쏜다. 술이 사방으로 튄다. 객석을 향해 총을 쏜다. 객석의 사람들이 사방으로 튄다.

　—움직이지 마.

　그는 소리치며 다시 실탄을 장전한다. 그때 요란하게 전화벨이 울린다. 그는 문 옆에 놓인 전화기를 향해 걸어간다. 발밑에서 첨벙첨벙 피와 공포가 점벙첨벙 튄다.

　—여보시오.

　그는 전화기에 대고 이런 말을 하고 싶었다.

　—여보시오. 여기가 어딘 줄 아오? 여기는 천국과 지옥의 갈림길이오. 이 노랫소리가 들리지 않소? 지금 여기선 파티가 벌어지고 있소. 아주 멋진 파티요. 당신은 이 노랫소리가 들리지 않소? 1899년산 와인도 있소. 당신을 이 파티에 초대하겠소. 당신을 귀빈으로

대우해 주겠소. 그런데 나는 여자가 필요하오. 단 한 명이면 족하오.
에스프레소 잔처럼 자그마한 입을 가진 여자 말이오.

9.

그가 전화기를 드는 순간, 한 발의 총성이 울렸다. 그는 전화기를 내려놓았다. 몸 전체가 전화기 속으로 쑤셔 박히는 기분이었다. 완전한 정지. 완전한 침묵. 완전한 자유. 완전한 종말.

그 들판의 행방

봄은 기다리는 사람에게는 더디게 온다. 한낮에는 초여름 햇살이 쏟아지다가 어스름 무렵이면 싸늘한 바람이 몰아치기도 한다. 오늘이 그런 날이었다. 아침에는 꽃샘바람이 귓불을 차갑게 하더니 해가 하늘의 정점에 도달한 시각에는 분필가루처럼 흩날리는 햇살이 눈살을 따갑게 했다.

"바로 퇴근할 거야?"

장 언니가 다가왔다. 그녀의 어깨 뒤 유리창 너머로 내다보이는 공장 앞마당에는 하오의 잔광이 살얼음처럼 깔려 있다.

"글쎄?"

혜주는 장 언니 쪽으로 고개를 돌리며 원단 매만지던 손을 잠시 멈추었다. 그녀 앞에 버티고 선 장 언니의 작업복 어깨 위에서 유리창을 여과해 들어온 햇살이 견장처럼 반짝였다.

"글쎄가 뭐야. 딱 부러지게 결정을 해."

실망스런 표정을 지으며 장 언니는 자신의 방직기계 앞으로 돌아갔다. 혜주도 잠시 멈추었던 손을 다시 움직이기 시작했다. 그녀는 방직기계가 거푸집 같다고 생각했다. 자신의 노동량과 노동의 대가를 결정하는 주형틀. 삶이란, 이렇게 각자의 거푸집을 지니고 살아가는 게 아닐까.

초등학교에 다니던 무렵 혜주는 빨리 어른이 되고 싶었다. 초등학생이어서 불가능한 여러 가지 일을 어른이 되면 척척 이루어낼 수 있으리라고 생각했다. 그러나 어른은 쉽게 될 수 없었다. 셀 수 없이 많은 밤을 자고 일어나도 그녀는 여전히 어린아이였다. 어쩌면 어른은 날 때부터 어른이고 자신은 평생 어린아이로 살아야 할지도 모른다는 생각마저 들었다. 그렇게 세월이 흘러가는 동안 그녀는 조금씩 포기하는 법을 배웠고 천천히 망각하는 법도 배웠다. 그러던 어느 날 그녀는 문득 어른이 되어 있었다. 그것은 우연히 발견한 네잎 클로버 같은 것이었다.

"오늘노 야근할 거야?"

퇴근시간이 다 되었을 무렵 장 언니가 다시 다가왔다. 그녀가 거느리고 온 햇살은 아까보다 기세가 누그러져 있었다.

"내일 손님도 온다면서 오늘은 일찍 가지?"

손님…… 그랬다, 내일은 그가 오는 날이다. 혜주의 작업복 윗주머니에 구겨진 채 들어 있는 전보쪽지가 그 사실을 상기시켜주었다. 돌이켜보면 그녀가 자신이 어른이 되었다는 것을 실감한 건 그

와 처음으로 같이 갔던 어느 여관의 욕실에서였다. 그와 사랑을 나
눈 후 몸을 씻기 위해 욕실로 들어서던 그녀는 욕실 벽에 걸려 있
는 거울에 비친 한 여자와 만났다. 두 눈은 반쯤 충혈 되고 머리는
아무렇게나 헝클어져 있고 맨살에 소름이 돋아 있는 여자가 그 거
울 속에서 그녀를 바라보고 있었다. 그 여자를 발견하는 순간 혜주
는 자신도 모르게 아, 하고 나지막한 탄성을 터트렸다. 어릴 적부
터 그렇게 기다려왔던 어른의 모습이 이런 꼴이었던가 하는 생각
이 들자 픽, 하고 웃음이 새어 나왔다.

"그래요. 오늘은 일찍 들어가요."

혜주는 방직기계 속으로 쉴 새 없이 빨려 들어가는 원사에서 눈
을 떼지 않은 채 말했다.

"남자가 좋긴 좋은 모양이네. 야근마저 포기하게."

짓궂게 한 마디 던지며 장 언니는 자신의 기계로 돌아갔다. 이
번에는 무슨 일이 있어도 결판을 지어야 한다. 혜주는 주머니 속의
전보쪽지를 매만지며 입술을 깨물었다.

"집으로 바로 갈 거야?"

방직기계실을 나오면서 장 언니가 물었다. 정문 수위실 옆에는
버스 한 대가 시동을 건 채 대기하고 있었다. 시내에 살고 있는 직
원들을 위해 회사에서 출퇴근시간에만 운행하는 버스였다. 공장에
서 멀지 않은 곳에 살고 있는 혜주와 장 언니도 시내에 볼일이 있
을 때는 저 버스를 종종 이용했다.

"시내에 가서 장이라도 봐야 하지 않아? 내일 오는 손님을 위해."

장 언니가 턱짓으로 버스를 가리켰다. 혜주는 긍정도 부정도 아닌 미소를 지었다. 한때는 그를 위해 많은 걸 준비했다. 햅쌀로 밥을 짓고 고깃국을 끓였으며 그가 좋아하는 겉절이를 담기도 했다. 그러나 이번에는 아무것도 준비하고 싶지 않았다.

"그냥 집으로 갈래요."

직원을 가득 태운 버스가 서서히 출발했다. 혜주와 장 언니는 버스가 내뿜는 매연을 피하기 위해 잠시 걸음을 멈추었다. 버스는 공장 정문을 나가서 오른쪽으로 꺾어졌다. 두 사람은 공장을 나와서 왼쪽으로 걸어갔다. 장 언니가 자연스레 혜주의 팔짱을 꼈다.

집으로 향하는 길은 장마가 닥치기 전에 포장공사를 끝내려는 시청의 방침에 따라 한창 정지작업을 하고 있었다. 주민들의 교통 불편을 해소하기 위해서라고 시청 공무원들은 떠들어대지만 실제로는 이 길의 끄트머리에 있는 미군부대를 위함이라는 걸 사람들은 다 알고 있었다. 그곳에는 과연 얼마나 많은 미군들이 주둔하고 있을까? 천 명? 이천 명? 어쩌면 그보다 훨씬 많은 숫자일지도 모른다.

빈 들판을 가로지르고 있는 이 길의 끝에는 굵은 철책으로 둘러싸인 미군부대가 있다. 부대 주변에는 미군들을 주 고객으로 하는 유흥가가 있다. 그 유흥가의 뒷골목에는 값싸고 지저분한 셋방들이 있다.

어제였다. 점심시간에 잠깐 작업반장을 만나고 온 장 언니가 호들갑스러운 몸짓으로 혜주에게 다가온 것은.

"민규가 누구니?"

장 언니의 입에서 그의 이름이 나오자 혜주는 깜짝 놀랐다.

"언니가 민규를 어떻게 알아?"

"요것아, 내가 모르는 게 어딨냐? 애인이야?"

"그냥, 친구야."

"어떤 친구?"

대학 친구, 라고 말하려다 혜주는 황급히 입을 다물었다. 이런, 실수를 할 뻔 했네. 아직도 예전의 습관을 완전히 버리지 못했다니. 너는 대학교를 중퇴한 최지혜가 아니냐. 중학교만 졸업한 윤혜주란 말이야.

"오래 전부터 알던 친구야."

장 언니는 미심쩍어 하는 표정을 숨기지 않았지만 더 캐묻지도 않았다. 대신 노란 전보쪽지를 혜주에게 내밀었다. 거기에는 딱 여섯 글자가 적혀 있었다.

─내일 간다, 민규.

"그 사람은 어떻게 알게 된 거야?"

장 언니가 팔꿈치로 혜주의 옆구리를 쿡 찔렀다. 군용트럭 한 대가 마른 먼지를 일으키며 두 사람을 지나쳐 갔다.

"누구?"

"누구긴? 민규 씨지. 솔직히 말해봐. 남자친구 맞지?"

장 언니는 그의 이름에 아까와는 달리 '씨'라는 호칭을 붙였다. 혜주는 대답 대신 눈길을 돌렸다. 도로 한쪽 편에는 한낮의 작업량을 말해주는 흙무더기가 쌓여 있다. 점심을 먹고 난 뒤 공장 마당을 거닐다 웃통을 벗어부친 채 작업에 몰두하고 있는 군인들의 모습을 몇 번 본 적이 있다. 민규도 저들처럼 군인이었던 적이 있다. 혜주는 그가 군복 입은 모습을 상상할 수 없다. 무조건적인 복종과 통제를 강요하는 제복은 그와는 어울리지 않으므로.

"나는 절대로 군인이 되지 않을 거야. 손가락을 잘라내서라도 기필코 군대에는 가지 않을 거야."

그는 그녀와 함께 한 술자리에서 그렇게 말한 적이 있다. 그때 그의 얼굴은 무척 결연한 표정이었다. 그녀는 그의 말을 조금도 의심하지 않았다. 그는 자신의 말을 반드시 실천할 거라고 생각했다. 그러나 그도 결국은 군대에 가고 말았다. 손가락이 멀쩡한 채로.

혜주가 민규를 처음 만난 건 가두시위 현장에서였다. 시위대와 진압경찰들 사이에 밀고 밀리는 공방전이 진행되고 있을 때였다. 어디서 그런 용기가 생겼는지 혜주는 도로 한가운데 놓여 있는 라면상자를 향해 달려갔다. 상자 안에는 화염병 한 개가 남아 있었다. 그녀는 망설이지 않고 화염병을 집어 들었다. 싸한 신나의 감촉이 병을 쥔 손을 통해 온몸으로 전해졌다. 그때였다. 어떤 손이 뻗어 와서 화염병을 쥔 그녀의 손목을 잡았다.

"남자가 던져야 더 멀리 나가지 않을까요?"

그녀는 자신의 손목을 쥔 사람을 쳐다보았다. 비슷한 또래의 남자였다.

"그래야 이 꽃병을 만든 학우들의 땀을 더 가치 있게 하겠죠?"

그녀는 어쩔 수 없이 남자에게 화염병을 양보했다. 화염병을 받아든 남자는 살짝 미소를 짓더니 함성을 내지르며 앞으로 달려 나갔다.

6월 항쟁의 도화선이 된 그날의 싸움은 길고 지루했다. 이쪽에서는 오랜만에 벼르고 나온 싸움이라서 흩어졌다 다시 모이고 흩어졌다 다시 모이는 일을 끈질기게 되풀이했다. 저쪽은 저쪽대로 지휘책임자의 과잉 충성 때문인지 시위대를 집요하게 쫓아다니면서 악착같이 진압했다.

그녀는 한 무리의 시위대열에 섞여 종로와 을지로 거리를 누비며 구호를 외치고 시민들에게 유인물을 나눠주었다. 그러다 광교 사거리 부근에서 진압경찰과 맞닥뜨려 투석전을 벌이던 중 경찰 쪽에서 날아온 돌에 맞아 다리를 다쳤다.

"여전사께서 부상을 입으셨군요."

골목으로 피해 다리의 상처를 살피고 있는 그녀 앞에 어떤 사람이 나타났다. 아까 화염병을 가로채 간 남자였다.

"상처가 가볍지 않은데요. 여기 가만히 계세요. 약을 구해올게요."

그렇게 해서 그와의 만남이 시작되었다. 그것은 그녀에게는 또 하나의 길고 지루한 싸움의 시작이었다.

기지촌은 서서히 잠에서 깨어나고 있었다. 한낮 내내 죽은 듯이 조용하던 기지촌은 미군들의 퇴근시간이 가까워지면 또 하루의 환락을 준비한다. 야근을 마치고 돌아오던 날 멀리서 바라본 기지촌은 화려한 불빛과 네온사인으로 휘황찬란했다. 거리 전체가 어둠의 바다 위를 떠가는 거대한 유람선 같았다.

"봄이 됐으니 동호 녀석 새 옷이라도 한 벌 사줘야 하는데."

기지촌 입구로 들어서며 장 언니가 한숨을 쉬었다. 동호는 장 언니의 하나밖에 없는 남동생이다. 올해 대학교 2학년이 된다고 했다. 장 언니는 작업반장에게 핀잔을 들을 때마다 이렇게 중얼거리곤 했다.

"내가 평생 공순이로 살줄 알아? 동호 녀석 대학 졸업하고 직장만 잡으면 당장 때려치울 거다."

공장을 다니는 직원들 중에서 가슴 속에 한이나 희망을 하나 정도 간직하지 않은 사람은 없다. 저마다 그런 한이나 희망을 보듬으며 하루하루를 견뎌내고 있는 것이다. 장 언니에게는 동호가 그런 존재였다.

"내일부터는 나도 야근을 해야겠어. 월급만으로는 살 수가 있어야지."

장 언니가 가라앉은 목소리로 중얼거렸다. 두 사람 앞에 두 갈래 골목길이 나타났다.

"오늘은 푹 쉬어. 그래야 내일 예쁜 얼굴로 손님 만나지."

"언니도 잘 쉬세요."

혜주는 오늘 따라 유난히 힘이 없어 보이는 장 언니의 손을 한 번 꼭 잡았다 놓아주었다. 장 언니는 먼저 등을 돌리고 한쪽 골목으로 걸어갔다. 그녀의 두 어깨 위로 어둠이 내려앉고 있었다.

혜주가 민규와 처음으로 여관에 간 건 치열했던 6월의 싸움이 절정기에 달할 무렵이었다. 한 대학생의 물고문 치사사건이 도화선 역할을 한 그해 6월의 싸움은 금방이라도 나라를 뒤집어엎을 기세를 하고 전국 각지로 번져나갔다. 수많은 사람들이 거리로 몰려나와 군사정권의 만행을 규탄했다.

6월의 싸움기간 내내 혜주와 민규는 붙어 다녔다. 시위현장에서 인연을 맺은 둘은 각종 집회와 시위에 열심히 참가했다. 그리하여 6월의 싸움이 본격화될 즈음에는 꽤나 호흡이 잘 맞는 투석조가 되어 있었다.

"저 많은 사람들을 어떻게 감당할까?"

와이셔츠를 입은 사람들이 아스팔트를 가득 메우던 날, 민규는 망연한 눈길로 사람의 물결을 바라보며 중얼거렸다.

"일단 사람들을 거리로 끌어대는 데는 성공했지만 그 다음이 문제야. 저 사람들이 이제 무얼 할 수 있을까?"

"무얼 하다니? 열심히 박수를 쳐대고 구호를 외치고 있잖아."

"혁명은 박수나 구호만으로는 이루어지지 않아."

금방이라도 승리가 눈앞에 다가올 듯했다. 그녀는 태어나서 그렇게 많은 사람들이 그렇게 뜨거운 눈빛과 성난 목소리로 외쳐대는 광경을 본 적이 없었다. 이렇게 많은 사람들이 외치고 있는데, 이렇게 많은 사람들이 바라고 있는데, 당장 내일 아침에 적들이 두 손을 들고 항복하고 시민들이 승리를 선언해도 어색하지 않을 분위기였다.

그러나 군사정권의 저항은 끈질겼다. 한번 손에 넣은 권력의 단맛을 순순히 포기할 리가 없었다. 계엄령 선포를 한다, 군대 투입이 임박했다, 소문만 무성할 뿐 적들은 무거운 침묵에 잠겨 있었다. 침묵의 나날이 이어지자 거리로 몰려나온 사람들은 조금씩 지쳐 가고 있었다.

"이 싸움의 승패는 저 많은 사람들을 어떻게 인도해내느냐에 달렸어. 1980년 봄에 우리는 뼈아픈 좌절을 겪었지. 거리로 쏟아져 나온 사람들 숫자만 많다고 모든 게 이루어지지 않는다는 걸 경험했지. 다시는 그런 잘못을 되풀이하지 말아야 해. 그때의 실패를 반복하면 안 되는데……."

가두시위가 끝나면 민규는 인사동 입구의 막걸리 집에서 그녀와 마주앉아 시국관을 늘어놓곤 했다. 그도 한때는 조직 활동을 했는데 얼마 지나지 않아 그 조직에서 소외되었다. 능력은 출중했으나 성격이 문제였다. 그는 체질적으로 조직 활동에 맞지 않는 사람이었다. 평소에는 얌전하던 사람이 대정부 투쟁에 관한 이야기만 나오면 특유의 냉소적 독설로 좌충우돌하며 논쟁을 일삼았다.

어쨌든, 그해 6월의 상황은 민규의 우려대로 심상찮은 조짐을 보이기 시작했다. 대정부 투쟁이 길어지면서 대중을 이끄는 지도부에서는 노선갈등이 일어났다. 거리에서는 '독재타도 호헌철폐'를 외치는 사람이 여전히 많았지만 '독재타도 직선개헌'을 외치는 사람도 점점 늘어갔다. 소수이지만 '제헌의회 소집'을 주장하는 부류도 있었다. 그런데 적들의 반응은 너무나 조용했다. 그 침묵의 장막 뒤에서 또 어떤 끔찍한 일을 꾸미고 있는지 알 수 없었다.

"1980년에도 죽음 같은 침묵이 있었지. 그리고 며칠 뒤 5.18이 터졌지."

막걸리 잔을 연거푸 비운 민규는 잔뜩 충혈 된 눈으로 말했다. 그녀도 왠지 불안해졌다. 이 싸움의 처절한 종말이 얼마 남지 않았다는 걸 어렴풋이 느낄 수 있었다.

그날, 민규가 술에 취해 1980년 5월 광주의 참상에 대해 횡설수설 떠들어대던 날, 그녀는 그와 함께 처음으로 여관에 갔다. 그가 욕실에서 찬물을 틀어놓고 머리를 식히는 동안 그녀는 스스로 옷을 벗었다. 젖은 머리를 털며 욕실에서 나오던 그는 그녀의 모습에 살짝 당황하는 눈치였다. 그녀는 떨고 있었지만 애써 침착한 표정으로 그를 바라보며 말했다.

"이리 와서 날 안아줘."

그녀는 몹시 지쳐 있었다. 이 싸움에서 자신의 역할과 존재가 막연하다고 생각했다. 민규는 뚜렷한 목표와 절대적 믿음이 있었다. 하지만 그녀는 본능적 정의감만으로 싸움을 이어가는 중이었다.

그날 밤 그녀는 민규와 하나가 되면서 끝이 안 보이는 수렁 속으로 추락하는 기분이었다. 그 깊고 깊은 수렁의 밑바닥에서 산산이 부서지는 느낌이었다.

"졸업하면 뭐 할 거야?"

이 여름이 지나면 민규는 졸업 학기가 된다.

"취직?"

"미쳤어?"

"대학원?"

그렇게 말해 놓고 혜주는 피식 웃음이 나오는 걸 어쩔 수가 없었다. 대학원에 가는 사람들을 얼마나 욕해 왔던가. 이 성스러운 싸움의 도피자들이라고.

"공장에 들어갈 거야."

"공장?"

"현장 생활을 해보고 싶어. 노동자 사상을 이해하려면 노동자 생활을 해봐야지."

문득 그녀는 민규가 거인처럼 느껴졌다. 확고한 주관을 가지고 자신의 길을 뚜벅뚜벅 걸어가고 있는 사람. 그가 가는 길이 비록 외곬이라고 해도 비난할 마음은 없다. 그는 자신의 방식대로 최선을 다해 싸우고 있는 것이므로.

"지혜는 졸업하면 무얼 할 거야?"

"나는 아직 2년이나 남았잖아."

"나한테 와서 밥이나 해라."

"밥이나 하라고?"

"내 마누라가 되란 말이야."

"그런 여성 모욕적 말투가 어디 있어!"

겉으로는 화를 냈지만 그의 말이 싫지 않았다. 어서 이 길고 지루한 싸움을 끝내고 그와 함께 평화롭게 살고 싶었다.

이튿날 아침, 그녀는 몸을 씻기 위해 욕실로 들어서다 그곳에 걸려 있는 거울을 보았다. 두 눈은 반쯤 충혈 되고 머리는 아무렇게나 헝클어져 있고 맨살에는 소름이 돋아 있는 여자가 거울 속에 있었다. 거울 속에 비친 모습을 보면서 그녀는 자신이 어느새 어른이 되어 있다는 걸 깨달았다. 이게 어릴 적부터 꿈꿔 왔던 어른의 모습이라니 왠지 씁쓸했다.

그때였다. 어릴 적 꿈이 산산조각 나는 걸 욕실 거울 속에 비친 자신의 모습을 통해 확인하고 있는데 민규가 평소답지 않게 호들갑스러운 목소리로 그녀를 불렀다.

"지혜야, 얼른 와서 이것 좀 봐!"

그녀가 욕실에서 나오자 민규는 손가락으로 텔레비전 화면을 가리켰다.

"무슨 일이야?"

그녀의 물음에 그는 아무런 대답도 없이 텔레비전을 가리키고 있는 손가락을 두어 번 흔들었다. 그녀는 텔레비전 화면으로 눈을 돌렸다. 이른바 '광주 7적'으로 불리는 사람들 중 하나가 등장해서 무언가를 읽고 있었다. 그것은 훗날 '6.29선언'이라고 명명된 내용이었다. 그녀는 '광주 7적'의 한 사람이 발표문을 다 읽을 때까지 묵묵히 지켜보았다. 그도 여전히 입을 다문 채였다.

"우리가 이겼네. 우리가 승리한 거네."

발표문 낭독이 끝나자 그녀는 뜨거운 무언가가 가슴 밑바닥에서 솟구치는 걸 느꼈다. 그녀는 민규를 처다보았다. 그도 흥분했는지 얼굴이 살짝 달아올라 있었다.

"그놈안의 싸움으로 얻어낸 승리이긴 하지. 하지만 여기서 만족해서는 안 돼. 저들이 어떤 놈들인데 순순히 물러날 리가 없어. 어쩌면 진짜 싸움은 이제부터인지도 몰라. 앞으로 더 처절한 싸움이 시작될지도……."

6.29선언이 발표된 이후 거리의 싸움은 차츰 시들해졌다. 당장이라도 나라를 뒤엎을 듯 쏟아져 나왔던 사람들은 하나둘씩 제자리로 돌아가고 거리는 예전의 모습을 되찾고 있었다. 그녀도 더는

거리에 나서지 않았다. 민규는 무척 바빠졌다. 12월로 예정된 대통령 선거 때문에 정치판에 깊숙이 개입하는 눈치였다. 그녀를 만나는 횟수도 점점 줄어들었다.

그리고…… 12월이 되었다. 6월의 치열했던 거리 싸움의 성과물로 쟁취한 대통령 직접 선거가 코앞으로 다가오자 민규는 민중후보 진영의 선거운동원으로 참여했다. 그녀와 만나는 횟수는 점점 줄어들었고 며칠에 한 번 전화 통화만 간신히 할 수 있을 정도였다.

"이번 선거에서 반드시 승리를 쟁취해야 해. 이번에도 실패하면 다시는 이런 기회가 오지 않을지도 몰라."

며칠 만에 겨우 들을 수 있었던 민규의 목소리는 들떠 있었다. 전화기 저편의 목소리만으로도 그가 지금 얼마나 고무되어 있는지 짐작이 갔다.

"이제 곧 열릴 민중해방의 세상에서 뜨겁게 만나!"

그 말을 마지막으로 민규는 서둘러 전화를 끊었다. 그 바람에 "건강 잘 챙겨."라는 그녀의 말은 전화기 저편으로 전달되지 못했다.

많은 이들의 기대와는 달리 그해 겨울의 대통령 선거는 민주진영의 참담한 패배로 끝났다. 적이 잘해서가 아니라 우리 쪽의 분열로 인한 패배였다. 사람들은 죽음보다 더한 허탈감 속으로 빠져들었다. 서로의 얼굴을 쳐다보기가 싫을 정도로 처참한 침묵의 시간이 이어졌다.

비록 선거는 실패로 끝났지만 곧 만날 수 있을 줄 알았던 민규는 오히려 연락이 끊기고 말았다. 어디서도 그의 소식을 들을 수가 없었다. 몇 달 뒤 봄과 함께 찾아온 그에 관한 소식은 대통령 선거가 끝나자마자 군에 입대했다는 것이었다. 아무런 말도 남기지 않고 떠나버렸다는 사실에 그녀는 충격을 받았다. 무참한 기분으로 지내야 했던 그해 봄은 그녀에겐 지옥의 나날이었다.

버스터미널 대합실에 걸린 시계는 8시 5분을 가리키고 있었다. 버스가 도착할 시간에서 5분이 지났다. 혜주는 대합실 의자에서 일어나 밖으로 나왔다. 승강장에는 버스보다 먼저 어둠이 도착해 있었다.

민규가 처음 이곳으로 혜주를 찾아왔을 때도 8시에 도착하는 버스를 타고 왔다. 그때 그녀는 그와 저녁을 함께 먹고 소주도 한잔 마셨으며 민규는 10시 막차를 타고 돌아갔다.

민규가 군대에 가버린 해의 봄은 혜주의 기억 속에는 존재하지 않았다. 머릿속이 하얗게 지워져버린 상태로 덧없는 시간들을 흘려보내야 했다. 여름이 시작될 무렵 혜주에게는 걱정거리가 생겼다. 그토록 대한민국 군대를 싫어했던 민규가 군대 생활을 견뎌낼 수 있을까. 어느 날 갑자기 탈영해서 그녀 앞에 불쑥 나타나는 건 아닐까. 그런데 왜 그는 그녀에게 아무런 연락도 없이 입대해버렸을까. 장난스럽기는 했지만 그녀에게 청혼까지 했던 사람인데.

혜주가 대학 3학년을 마치고 4학년이 될 때까지 민규는 아무런 연락이 없었다. 그동안 휴가는 나왔을 텐데 그에 관한 소식은 전혀 들려오지 않았다. 그의 친구들에게 연락을 하면 그의 소식을 알아낼 수도 있겠지만 그렇게까지 하고 싶지는 않았다. 그가 먼저 연락을 해올 때까지 그를 찾고 싶지 않았다. 왠지 그래야 할 것 같았다.

민규가 없는 서울의 거리는 허전했다. 몇 달 안 되는 만남이었지만 그와 같이 했던 순간들은 그해 6월의 치열했던 거리싸움과 함께 그녀의 가슴에 지워지지 않는 기억으로 남아 있었다. 4학년 마지막 학기를 남겨둔 여름방학이 끝날 무렵 그녀는 자퇴를 했다. 그리고 이 소도시의 방직공장에 취직을 했다.

"많이 기다렸지?"

추억의 갈피를 뒤적이고 있던 그녀 앞에 민규가 불쑥 나타났다.

"오랜만이야."

이주일 만의 만남이었지만 혜주는 무척 오랜만의 만남처럼 여겨졌다. 그만큼 그가 낯설어진 때문일까. 민규가 4년 만에 다시 그녀 앞에 나타났을 때도 혜주는 반가움보다 서먹함이 느껴졌다. 함께 저녁을 먹고 차를 마시는 동안에도 예전의 감정은 되살아나지 않았다. 오히려 두 사람 사이에 아득한 간극이 존재한다는 걸 느낄 수 있었다. 그가 예전처럼 티셔츠에 청바지 차림이 아니라 양복을 입은 말쑥한 모습이어서 그랬을까.

"배고프다. 어디 가서 뭘 좀 먹자."

"퇴근하고 바로 오는 길이야?"

"야근이 있었는데 몰래 빠져나왔지."

"뭐 먹고 싶어?"

"짜장면 먹을까?"

혜주는 대답 대신 그의 얼굴을 물끄러미 쳐다보았다. 그해 6월의 거리싸움을 하는 동안 두 사람은 짜장면을 참 많이 먹었다.

"짜장면 먹으면 검은 똥 싼대."

거리싸움이 끝나고 허기진 배를 채우기 위해 짜장면을 먹으러 가자는 그녀에게 그는 그렇게 말하곤 했다.

"그럼 짬뽕 먹으면 되지. 짬뽕 먹으면 빨간 똥 싸겠네?"

그런 농담을 주고받으면서 둘은 매번 씩씩하게 짜장면을 먹었다.

"연인끼리 짜장면 먹으면 헤어진대."

"왜?"

"짜장면도 국수잖아. 국수처럼 끊어지는 음식을 먹으면 연인 사이도 끊어신대."

"너는 운동권이면서 그런 미신을 믿냐?"

둘은 짜장이 묻어서 시커메진 입으로 그런 농담을 주고받았다.

"보고 싶었어."

석 달 전 민규가 방직공장으로 처음 찾아왔을 때 혜규는 깜짝 놀랐다. 그녀가 이곳에 있는 걸 어떻게 알아냈는지도 궁금했지만 너무나 변해버린 그의 모습은 뜻밖이었다. 하얀 와이셔츠에 진회색 양복을 입은 민규는 화려한 무늬의 넥타이에 금빛 넥타이핀까지 착용하고 있었다. 보고 싶었다는 말을 하며 악수를 청하는 그의 손가락에서는 실반지가 반짝였다.

"나, 취직했어."

4년 전, 그는 졸업을 하면 공장에 들어가겠다고 말했다. 노동자 사상을 이해하려면 노동자 생활을 해봐야 한다면서 결연한 눈빛을 지었다. 그랬던 그의 계획이 왜 바뀌게 된 걸까.

"어쩔 수 없었어. 너도 내 입장이 되어봐."

공장을 나와 시내의 식당에서 김치찌개와 소주를 앞에 놓고 마주 앉을 때까지 한마디도 하지 않고 있는 혜주의 침묵이 부담스러웠는지 민규는 변명처럼 늘어놓기 시작했다.

"부모의 등쌀을 견디기 어려웠어. 외아들에 대한 기대로 가득한 눈빛. 너도 남자라면 이해할 수 있을 텐데……."

그런 말을 듣는 순간 울컥 구역질이 솟았던 것은 급하게 들이킨 소주 때문이 아니었다. 이게 내가 거인처럼 여기고 존중했던 사람의 모습이었던가. 그해 6월의 처절했던 싸움이 말쑥한 정장과 금반지를 얻기 위해서였던가.

"통과의례라는 게 있지. 무언가를 얻으려면 꼭 거쳐야 하는 의식 같은 거. 그 시절의 우리에게는 순수한 열정도 있었지만 철부지처럼 날뛰는 모습도 있었어. 이제는 앞날을 생각해야 할 나이가 되었지. 언제까지 과거에 얽매여 있을 수는 없잖아."

"배신자."

민규의 말이 끝나기도 전에 혜주는 그의 얼굴을 향해 소주잔을 쏟고 말았다. 더는 그의 말을 듣고 있기가 힘들었다. 불과 몇 년 전 일을 어떻게 그런 식으로 말할 수 있을까. 세상은 아직 하나도 달라지지 않았는데 왜 우리가 먼저 변해야 하는 걸까.

그녀는 이내 자신의 행동을 후회했다. 용케 자신을 찾아내서 이곳까지 만나러 온 사람에 대한 예의가 아니었다. 4년이라는 세월 동안 연락이 없었던 건 괘씸한 일이지만 어쨌거나 이렇게 다시 그녀 앞에 나타난 것만은 인정해줘야 한다.

혜주는 손수건을 꺼내 민규의 상의에 묻은 소주를 닦아주었다. 그는 한동안 아무런 말이 없었다. 두 사람 사이로 침묵의 비늘이 쌓여갔다.

"나는 지쳤어. 더 이상 싸울 힘도 없어."

한참 만에 민규는 그렇게 말했다. 금방이라도 울음을 터뜨릴 것 같은 목소리로. 날카로운 바늘 하나가 혜주의 가슴을 마구 후벼대고 있었다. 그녀가 마지막 학기를 남겨두고 학교를 그만 두게 된 건 민규 때문이었다.

"나는 졸업하면 공장에 들어갈 거야. 현장 생활을 해보고 싶어. 노동자 사상을 이해하려면 노동자 생활을 해봐야지."

처음 잠자리를 같이 하던 날 민규가 했던 그 말은 오랫동안 그녀의 머릿속에 남아 있었다. 그때까지만 해도 혜주는 정교한 이론을 바탕으로 싸움을 하는 게 아니었다. '민족통일'이나 '민중해방'이 왜 필요한지는 알고 있었지만, 싸움이 어떤 방향으로 진행되어야 하는지, 싸움을 통해서 궁극적으로 무엇을 얻어내야 하는지 따위에 대해서는 깊은 고민이 없었다.

그녀에 비해 민규는 싸움에 대한 과학적 사고를 바탕으로 구체적 비전을 지니고 있었다. 그런 민규가 그녀에게는 정신적 지주였던 셈이다. 그런데 그가 갑자기 사라져버려서 그녀는 얼마나 암담했는지 모른다. 처음에는 당혹스럽기 짝이 없었지만 차츰 시간이 흐르면서 그의 안위가 염려되었다. 그토록 거부감이 많았던 군대에 잘 적응하고 있는지 걱정스러웠다. 하지만 그녀가 할 수 있는 일은 아무 것도 없었다. 무슨 일을 해야 좋을지도 몰랐다. 그가 했던 말만 그녀의 머릿속에 남아 있었다.

"나는 졸업하면 공장으로 들어갈 거야. 현장 생활을 해보고 싶어. 노동자 사상을 이해하려면 노동자 생활을 해봐야지."

그 말은 그녀에게 일종의 계시였다. 군대에 가지 않았다면 민규는 지금쯤 공장에 들어가 있겠지. 그가 못한 일을 내가 대신하리라. 아니, 그도 곧 할 일을 내가 먼저 하는 것이지. 그런 생각으로 그녀는 졸업 한 학기를 남겨놓고 학교에 자퇴서를 냈다. 그리고 소도시의 방직공장에 취직을 했다. 이른바 위장취업자가 된 셈이었다.

버스터미널 근처 중국집에서 짜장면을 한 그릇씩 먹은 혜주와 민규는 카페로 자리를 옮겼다.

"회사 근처에 서른두 평짜리 아파트를 봐두었어."

오늘은 좋은 거 마시자면서 민규는 와인을 주문했다.

"이곳을 떠나자. 나랑 함께 서울로 가서 새롭게 시작하자."

처음 이곳으로 찾아온 뒤부터 민규는 보름에 한번 꼴로 그녀를 만나러 왔다. 예전의 관계를 어느 정도 회복했다고 생각했는지 지난번에 왔을 때 그는 이런 말을 했다.

"이제 나도 직장을 잡았고 월급도 웬만큼 받아. 둘이 먹고 살 정도는 돼. 우리 결혼하자. 아이도 낳고 집도 늘려가고 휴일에는 놀러 가고, 그렇게 남들처럼 평범하게 살자."

진지한 표정으로 말하는 그의 태도에 그녀는 흔들렸다. 이곳에서의 삶은 너무나 힘들었다. 아무런 경험도 없이 시작한 공장 생활이었다. 처음에는 매일 열 시간 가까이 기계 앞에 서 있어야 하는 게 견디기 어려웠다. 하루에도 몇 번씩 그 자리에 주저앉아 버리고 싶을 정도로 육체적 피로가 심했다. 그럴 때마다 다른 직원들의 모습을 보면서 겨우 버텨냈다. 저들도 나와 똑같은 사람인데, 저들도 거뜬하게 해내는 일을 버거워한다는 게 부끄러웠다. 이를 악물고 견딘 덕분에 차츰 일이 숙달되면서 육체적 어려움은 조금씩 극복되었다. 문제는 정신적 고통이었다. 공장에서 일에 몰두해 있을 때 문득 문득 내가 왜 이런 일을 하고 있을까 하는 생각이 들면 한동안 정신이 아득해졌다. 야근을 마치고 지친 몸으로 단칸방에 돌아와 씻지도 못한 채 잠자리에 들 때마다 기분이 우울해져서 눈물을 흘린 적도 여러 번이었다.

"네 얘기를 부모님께 했더니 집에 한번 데려오라고 성화야. 제발 나 좀 구해주라."

민규는 장난꾸러기처럼 말하면서 와인 한잔을 단숨에 비웠다. 혜주도 천천히 와인을 한 모금 마셨다. 이제 결판을 지어야 한다.

"나는 이곳을 떠나지 않을 거야."

그녀의 낮지만 단호한 목소리에 민규의 얼굴이 휴지조각처럼 구겨졌다.

"그게 무슨 소리야? 이런 생활이 뭐가 좋다고…… 물론 나도 네 마음을 이해는 해. 너도 나름대로 계획이 있으니까 이런 일을 하겠지. 하지만 우리 둘의 미래도 중요하잖아. 나는 너와 함께 행복한 가정을 꾸리고 싶어. 나는 너를 사랑하고 있어."

"고마워. 아직도 나를 사랑해줘서. 하지만 나는 민규 씨보다 이곳의 사람들을 더 사랑해. 그게 내가 떠날 수 없는 이유야."

혜주의 말에 민규는 다시 와인 한 잔을 단숨에 들이켰다.

"내가 군대 생활을 어떻게 했는지 알아?"

그의 목소리는 가늘게 떨리고 있었다.

"훈련소부터 고난의 연속이었지. 매일 구타로 시작해서 구타로 끝났으니까. 나 같은 운동권 출신들은 따로 명단이 있는 거 같았어. 다른 훈련병들보다 특별한 대우를 받았으니까. 처음에는 나도 대들었지. 그러나 더 심하게 깨지기만 했어. 거기는 내가 돌멩이를 던지던 아스팔트가 아니라 까라면 까야 하는 군대였으니까. 그렇게 깨질 대로 깨지다가 문득 이러다 죽을 수도 있겠다는 생각이 들었어. 데모하다 분신을 하면 신문에 이름이라도 나지만 군대에서 죽으면 개죽음일 뿐이야. 그러자 정신이 번쩍 들면서 살고 싶어지더군. 귀신도 모르게 죽느니 차라리 비겁하게라도 살아남아야겠다는 생각이 들었어."

울분으로 가득했던 민규의 목소리는 구슬프게 변해 갔다. 울음을 삼키느라 들썩이는 그의 어깨를 보면서 혜주는 커다란 빙하 하나가 얼음 대륙으로부터 서서히 떨어져 나오는 장면을 떠올렸다.

"지금 내게는 아무것도 남은 게 없어. 군대에서 살아남기 위해 비굴하게 발버둥 치는 동안 동지도 이념도 모두 떠나버렸지. 나는 완전히 패배해버렸어. 세상과의 싸움에서. 하지만 아직 기회가 남아 있다는 걸 깨달았어. 내가 유일하게 사랑했던 사람과 함께한다면 다시 시작할 수 있다는 것을."

그는 벌판 한가운데 버려진 전사처럼 외로워보였다. 무기도 갑옷도 없이 홀로 거대한 적과 싸워야 하는. 그런데 그에게 과연 적이 존재하는 걸까. 혜주는 흔들리려는 마음을 바로 잡기 위해서 어금니를 다져물었다.

"우리 사이에는 4년이라는 세월이 흐르고 있어. 우리가 다시 만나려면 그 세월의 강을 건너야 하는데 나는 강을 건너는 법을 잊어버렸어. 민규 씨가 그 강을 건너올 수는 없을 테고…… 우리의 인연은 여기까지인 거 같아."

혜주의 말에 민규의 표정은 참혹하게 일그러졌다.

별이 환하게 빛나고 있었다. 어깨를 툭툭 털면 그곳에 고여 있는 별빛이 손에 묻어날 것 같았다. 혜주는 잠시 걸음을 멈추고 뒤를 돌아다보았다. 술에 취한 민규를 눕혀놓고 나온 모텔 간판이 저 멀리 반짝였다. 그녀는 심호흡을 한번 했다. 별빛이 헹구어 낸 밤공기가 상쾌했다.

어쩌면 이게 마지막일지도 모른다. 다시는 그를 만나지 못할 것 같다. 그런 생각이 들자 그와 작별인사를 제대로 나누지 못한 게 마음에 걸렸다. 돌이켜보면 찬란했던 시절의 찬란했던 추억이었다. 앞으로 그런 시절이 다시 올까?

혜주는 천천히 걸음을 옮기기 시작했다. 기지촌으로 향하는 길은 별빛을 머금은 채 곧게 뻗어 있었다. 저만치 공장의 불빛이 희미하게 반짝였다. 그곳에서 야근을 하고 있을 동료들의 모습이 생각났다. 윙윙 소리를 내며 돌아가고 있을 방직기계도 떠올랐다. 오늘부터 장언니도 야근을 한다고 했지. 내일부터는 나도 야근을 해야겠다. 그러자 혜주는 마음이 바빠지면서 온몸에 생기가 차오르는 걸 느꼈다.

그때였다. 혜주가 기지촌을 향해 바쁘게 걸어가고 있는데 갑자기 어떤 완강한 힘이 그녀의 입을 틀어막으며 길 아래로 밀어 넣었다. 어두컴컴한 벌판으로 내동댕이쳐진 그녀는 반사적으로 일어났다. 서너 발자국 앞에서 하얀 이빨이 빛나고 있었다.

미군이었다. 위장복 차림의 백인 남자 한 명이 히죽거리면서 그녀를 향해 다가왔다. 거리가 가까워지자 미군의 입에서 독한 술 냄새가 풍겨왔다. 혜주는 온 힘을 발끝에 모아 미군의 사타구니를 향해 내질렀다. 미군은 비명을 지르며 고꾸라졌다. 혜주는 있는 힘을 다해 뛰기 시작했다. 그녀가 막 길 위로 올라서려는 순간, 한 방의 총성이 어둠을 꿰뚫었다.

온몸이 좁은 구멍 속으로 쑤셔 박히는 기분이었다. 팔다리에 힘이 쭉 빠지면서 더는 앞으로 나아가지 못하고 그 자리에 풀썩 주저앉을 수밖에 없었다. 아무리 일어나려고 발버둥을 쳐도 도저히 몸을 움직일 수가 없었다.

씩씩거리면서 쫓아온 미군이 뭐라고 중얼거리더니 다시 한 발을 발사했다. 그게 끝이었다. 아무런 기억도 떠오르지 않았다. 부릅뜬 채 감겨지지 않는 그녀의 두 눈에는 벌판 위에서 빛나는 별이 가득 담겨 있었다.

고통은 배낭 깊이 묻어두고, 자립형 인간의 여행담

김병용(소설가)

1. 산다는 것과 여행한다는 것, 그리고 글을 쓰는 일

사람들은 곧잘 인생을 여행에 비유하곤 한다. 새로운 만남과 아쉬운 결별이 교차하는 여행은 거듭될수록 수없이 다채로운 풍경을 그려낸다. 살아간다는 것 또한 수없이 많은 만남과 헤어짐을 겪는 일, 우리는 얼마나 많은 일을 겪고 또 그때마다 넘어지고 일어서길 반복하는가. 문득문득 우리는 굽이굽이 가파른 산길을 기어오르고 가없이 너른 들판에서 어디로 갈지 몰라 두리번거린다.

글 쓰는 일도 그렇다. 발단-전개-위기-절정-결말의 서사 구조는 생로병사와 희로애락과 같은 인생의 거대한 리듬을 연상케 만들고 출발-도착 사이에 갖가지 난관이 준비되어 있다는 점에서는 여행과 닮았다.

우리의 삶, 우리의 여행은 되풀이되지 않는다. 우리는 모두 딱 한 번 자신 앞에 주어진 길을 일회적으로 통과하는 인간이다. 그 여정은 언제나 회한을 남긴다. 오직 문학만이 그 과정을 글로 남기지만, 한 번 활자화된 기록은 지우고 다시 쓰기 힘들다. 이처럼 묘하게 서로가 서로를 닮은 인생과 여행 그리고 문학 사이의 상동성homology과 상호 관계interaction와 불가역성irreversibility을 가장 잘 이해하고 자신의 삶으로 구현하고 있는 이는, 이 소설집의 주인인 김완준 형이라고 나는 오래 전부터 생각해왔다.

이는 단지 부여에서 나고 대구에서 크고 서울에서 생활하다가 지금은 전주에 머물고 있는 그의 이력이나, 유명 출판사의 편집자로서 쌓아온 화려한 명성을 뒤로 하고 지역 출판 운동을 하고 있는 현 상황만을 의미하는 것은 아니다. 그는 문학인이자 편집자로 자신의 생애를 잉크 삼아 펜촉을 밀고 가는 힘으로 추악함과 아름다움, 알 수 있는 것과 알 수 없는 것이 가득한, 미로와도 같은 현실 세계를 통과하는 문학 작업의 최전선에 늘 서 있었다.

그는 여행하는 인간Homo Viator이자 자신의 삶으로 자신이 살아가는 과정을 이야기하는 인간Homo Narrans이다. 김완준 형에게 문학은 그 스스로의 삶으로 완성해야 하는 그 무엇이며, 문학은 그를 온전한 '자립 인간'으로 만드는 동기이자 결과였다.

때때로 그는 매우 고집스럽거나 단호할 때가 있는데, 나는 그가 일물일어설一物一語說을 굳게 믿는 까닭이라고 생각한다. 우리 앞의 모든 일은 오직 일기일회一期一會, 그 순간순간마다 최선을 다하는 것이 자신과 타인, 내가 사는 시대에 대한 예의일 것이다. 그는 평생 작가로, 동시에 다른 작가의 글을 읽고 책을 엮는 일을 해왔다. 그에게 문학은 언제나 꿈이며 현실이었다.

세상의 모든 일을 문학을 통해 생각하기, 문학으로 드러내기, 그리고 마침내 문학으로 온전히 살아가기는 쉬운 일이 아니다. 대부분 우리는 하루에 잠시잠깐 문학인이지만 그보다 훨씬 더 많은 시간 현실적인 생활인으로 살아간다. 이런 면에서, 오롯이 문학만으로 삶을 영위하는 김완준 형은 우리 문학계에서 매우 보기 드문 존재라고 나는 생각해왔다.

2. 떠난다; 결정적 순간에

이 소설집의 등장인물들은 자의든 타의든, 인생의 한 시점에서 자신의 거처를 떠날 수밖에 없는 결정적 상황과 조우한다. 갑작스러운 혈육의 죽음으로 시작된 여행(「열대의 낙원」), 실수의 대가치고는 너무 가혹한 불치의 질환(「루앙프라방 가는 길」), 제어되지 않거나 예측할 수 없는 자기 파멸 욕구(「세 사람이 만났다」, 「중독」), 거대한 환멸과 증폭되는 의심과 자기기만의 함정(「예언자의 꿈」), 한 시절을

216

사는 인간으로서는 예상할 수도 감당할 수도 없이 연속적으로 터져 나오는 불운(「그 들판의 행방」), 몸과 마음, 현실과 이상이 분리된 시대를 살아가는 인간에게 도래하는 선택의 시간(「겨울 시인」) 등이 그것이다.

누구나 피할 수 없는 결정적critical인 선택의 순간을 맞는다. 그 순간은 늘 예기치 못할 때 찾아온다. 그리고, 그 순간의 선택이 어떤 결과를 가져올지 미리 알 수 있는 사람은 없다. 선택에 대해 책임을 지고 걸어가야 하는 길고 멀고 그래서 고되기 짝이 없는 여정이다. 그 길에서 만나게 되는 풍경은 이렇다.

철로와 동행해온 전신주. 철로 변에 사열병처럼 피어 있는 들꽃. 그 너머 붉은 흙으로 뒤덮인 벌판. 그 벌판의 끝을 막아선 산.

「루앙프라방 가는 길」 중에서

산 너머에 무엇이 있을지 우리는 어렵지 않게 짐작할 수 있다. 산을 넘으면 또 산이고 그 너머엔 또 다시 붉은 벌판이 펼쳐지고 지난번에 보지 못한 또 다른 들꽃이 피어 있을 것이다. 가도 가도 길은 끝나지 않는다. 아니, 길은 누구에게도, 단 한 번도 그 끝을 보여준 적이 없다. 열심히, 더 많이 걸어가면 길은 그만큼 더 뒤로 물러난다.

물론, 그렇게 달려드는 사람들로 인해 세상의 길은 더 멀리 확장

된다. 이게 길을 걷는 사람과 길의 관계다. 길 위의 인간은 언제나 이 길 길 너머를 꿈꾸니, 길은 더 멀리 달아난다. 길은 길이 끝나는 것을 가장 싫어한다. 번연히 이런 줄 알면서도 왜 우리는 중간에 멈추거나 돌아가지 않는가? 작가는 그 원인과 과정을 이렇게 그려 낸다.

　　―그곳에서 무슨 일이 일어났던가?
　　첫 장에는 반듯한 글씨로 그렇게 적혀 있다. 다음 장을 넘겼다. 다음 장에는 빠르게 휘갈겨 쓴 글씨로 이렇게 적혀 있다.
　　―나는 지금 앉아 있다, 굴다리 옆 클럽 의자에.
　　그뿐이었다.

「중독」 중에서

　　첫줄은 '반듯한 글씨'로 쓰지만, 다음 줄은 '휘갈겨 쓴 글씨'로 채우기 일쑤인 게 우리네 삶이다. 나는 반듯하고자 하나 시대의 회오리가 내 삶을 흩어놓기도 하고, 때로 사람들은 자신과 불화하거나 자신을 함부로 내팽개치기도 한다. 반듯했다가 휘갈겨 쓴 생애 '사이'에서 의문이 발생한다. '나는 왜 굴다리 옆 클럽 의자에' 앉아 있게 된 걸까? 그때 '그곳에서 무슨 일이 일어'났길래 나는 지금 여기 있는가?
　　이 대목에서 '그곳'은 '그때'로 바꿔 읽으면 조금 더 이해하기 쉽다. '그때'는 '나는 지금 앉아 있다'의 앞 시간과 뒤에 오는 시간을 동시에 지시하는, 시간 연속체 혹은 인과율이라고 할 수 있다. 그때 무슨 일이 있어 나는 지금 여기 있는가? 혹은 앞으로 다가올 그때 내겐 무슨 일이 벌어질 것인가?

인간은 흐르는 시간을 따라 걷는 존재. 시간의 흐름은 끊임없이 연속된다. 그 연속적인 유동성 속에 지금이 궁금하다는 것은 과거가 궁금하다는 말이며, 미래를 미심쩍어 한다는 것은 오늘이 불만족스럽다는 이야기. 그리고, '그때'를 궁금해 하는 주체이자 대상은 바로 '나'다. 문학의 주제는 문학이고, 인간이 문제 삼는 것은 언제나 인간이다. '나'는 '그때의 나'가 궁금하다.

그 궁금증을 해소하려면 앉은 자리를 훌훌 털고 일어날 밖에. '나'와 '그때'는 지금도 흘러가고 있다. 나는 어디까지 갔는가, 그때는 언제인가, 서둘러 쫓아갈 일이다.

3. 떠돌다; 태국 혹은 빈 들판에

김완준 형의 태국 사랑은 유별나다 싶을 정도다. 누구라도 마음에 담아둔 '일생에 꼭 한 번은 가보고 싶은' 여행 버킷 리스트가 있을 수 있지만, 형이 하는 이야기를 듣다 보면, 태국은 그에게 일회성 여행지라기보다 아예 주소를 이전해서 살고 싶은 곳이란 느낌을 받을 때가 많다. 어쩌면 형은 이미 태국 '빠이'에 그의 심장 한 조각을 묻어두고 왔는지도 모르겠다.

"이곳에 최초로 터를 잡기 시작한 부족은 미얀마에서 건너온 샨족인데 그들 언어로 빠이가 '이주'라는 뜻이래요. 그런 유래 때문인지 이곳에는 떠돌아다니길 좋아하는 사람들이 많이 찾아오지요."

「열대의 낙원」 중에서

'이주'라는 말에는 새로운 세상과 희망과 정착의 의지가 내포되어 있기도 하지만 불화와 방랑의 가능성도 담겨 있다. 풀문 파티가 열리는 꼬 팡안에서 불춤을 추던 쏨을 처음 만나 하룻밤 사랑을 나눈 뒤, 3년 만에 다시 만난 쏨이 자신의 아이를 키우고 있는 것을 알게 된 화자의 죽은 형이 쏨과 함께 뿌리내리고자 했던 곳, 거기가 '빠이'다. 「열대의 낙원」의 화자는 죽은 형의 흔적을 좇아 빠이까지 흘러왔다.

죽은 형이 자신의 방랑벽을 잠재우고 마침내 닻을 내리고 싶었던 곳, 화자에게는 잠시 들러 형의 흔적을 정리하고 떠나야 했던 빠이에서 화자가 목도하는 것은 죽음 이후에도 계속되는 삶의 쓰라림이다.

꽃이 핀다 싶으면 바람이 거세게 불고, 이만 족하다 싶을 때 불쑥 별리의 쓰라림은 찾아온다. 쏨에게는 행복과 희망이 약속된 땅이라고 생각되었을 빠이는 형에게는 죽음과 마주한 땅이었고 '나'에게는 삶과 죽음의 고통을 함께 확인하는 장소가 되었다.

세상의 모든 고통은 살아있는 자에게만 유효하다. 통증이야말로 살아있다는 가장 확실한 증좌. 달빛 아래 불이 붙은 막대기를 휘두르며 불춤을 추며 은빛 눈물을 흘리는 쏨의 모습을 통해, 우리는 이 세상을 살아가는 우리들의 자화상을 본다.

결국, 태국은 그 불춤이 실재하는 곳, 불춤을 추는 사람들이 모이는 곳, 불춤을 바라보는 사람을 비춰주는 달빛의 세상이다. 삶과 죽음의 사이, 그 중간이 가장 뜨겁고 고통스럽다. 불붙은 막대기는 빛나면서 동시에 불에 탄다. 「열대의 낙원」이 드러내는 이와 같은 고통스러운 세계 인식은 피학적인 게 아닌 실존의 고뇌, 방랑하는 자의 체험 이후에만 획득할 수 있는 것이다.

성욕과 식욕이 함께 찾아오는 곤란한 상황(「세 사람이 만났다」), 눈을 뜨면 어두움이 먼저 밀려오는 것을 깨닫는 것(「예언자의 꿈」), 만남은 '길고 지루한 싸움의 시작'이라는 인식(「그 들판의 행방」), 비어있는 원고지 그 텅 빈 중심에 눈발이 쏟아지는 착시(「겨울 시인」)를 견디던 끝에 누군가는 인질극을 벌이고 누군가는 미치거나 혼자서 자신을 위로하는 쓸쓸한 행위를 한다. 그래도 고통은 끝나지 않는다.

길 위에 있는 이상 여행은 계속된다. 세상은 눈보라가 휘몰아쳐 사방천지 분간할 수 없는 허허벌판이다. 가만히 서 있을 수도 한

발 앞으로 내딛기도 힘든 들판이어서 우리는 더더욱 내 발걸음의 '행방'이 궁금한지도 모르겠다.

4. 지지止至; 끝나야 끝난 것이다

익숙한 '집'을 떠나 낯선 벌판에 선 여행자의 발걸음이 서 있는 곳은 '길' 위다. 여행자의 발끝이 향하는 곳이 그가 가야할 곳이다. 그곳에는 무엇이 있는가?

> "루앙프라방까지 가신다고 했죠?"
> 그녀의 물음에 나는 고개를 끄덕였다.
> "왜 가세요, 그곳엔?"
> "그곳이…… 내가 가는 길 위에 있기 때문이죠."
> "마음에 드네요 그 내답."
>
> 「루앙프라방 가는 길」 중에서

길이 끝나는 곳, 루앙프라방에는 '새 집'이 있을까. 그렇지 않을 것이다. 빠이가 살아남아 떠도는 자들의 기수역이듯, 루앙프라방은 종착지가 아닌 중간 기착지일 것이다. 그리고, 도착해도 여행은 끝나지 않는다. 거듭거듭, 길은 계속된다.

이 소설집에 등장하는 인물들 중에 돌아오기 위해 떠나는 이는 없다. 그야말로 떠나기 위해서 길에 나선다. 종착지가 없으니 반환점이 나타날 리 만무. 길에 나서기로 작정했으니 끝이 보이지 않아도 걷고 또 걷는다. 펜끝의 행방, 발끝의 행방이 작정作定이다. 그냥 저냥 갈 데 없이 걸음을 놀리는 자들이 없는 것은 아니지만, 삶의 여정은 대개 방향성을 갖고, 그 향방의 끝에 삶의 지향점, 궁극적 가치가 놓여 있다.

지지止至.

도착하기 전까지는 도착한 게 아니다. 이 길의 끝에는 무엇이 있는지 그걸 알기 위해 걷는 사람이 있다. 길을 걷는 것이 곧 길을 완성하는 것을 아는 이들이다. 이쯤 되면 이 길을 걷는 자들은 모두 구도자求道者라 불러야 할 것이고, 각각의 다른 시공간에 놓여 있는 생면부지의 등장인물들은 알고 보면 서로가 서로에게 도반道伴일 것이다. 어쩌면 김완준 형은 이들을 모두 이끌고 길을 재촉하는 향도嚮導겠다.

문득, 독자들에겐 이런 생각이 들 수도 있다. 왜 우리는 작가가 인도하는 길을 따라 가며 이 쓰라리고 고통스러운 광경들을 모두 보아야 하는가? 혹은 왜 이 작가가 그려낸 길은 이처럼 방황과 좌절, 끝을 알 수 없는 아득함 속에 가물가물한가?

삶이 고통스러운데 어찌 문학이 고통스럽지 않을 것이며, 길이 고된 데 어찌 글이 쉽게 쓰여지겠는가, 라고 답할 수도 있겠다. 문학은 사람이 살아가며 그려내는 무늬를 옮기는 것이라 하지 않던가.

하지만, 나는 좀 다른 대답을 내놓고 싶다. 끝을 알 수 없어 끝까지 가보겠다는 것. 이 글(길)의 끝에 우리는 어디 도착했는가, 함께 가보자는 초대의 몸짓이 이 책에 실린 일곱 편의 소설이라고 나는 생각한다. 우리가 걷는 길 끝에 우리가 당도해야 할 한 지점이 있다고 믿는 사람만이 함께 걷자고 초대할 수 있다.

고백하자면, 나는 김완준 형이 그려낸 세계가 모두 실재한다고 믿는다. 태국에는 '빠이'가 있을 것이다. 쏨 혹은 쏨의 친구들이 보름달만 뜨면 불춤을 추는 자리에 달빛을 받으며 서 있는 사내가 있을 것이다. '투박한 입술의 사내'와 '제2의 사내'는 우리가 모르는 사이 우리 곁에 한참 앉아 있다가 일어났을 것이며, 이름은 '파라다이스 산장'이지만 비극적인 사건의 현장은 얼마든지 있을 수 있다. '에스프레소 잔처럼 자그마한 입을 가진 여자'라니, 정말 만나보고 싶지 않은가! 신과 접선하려면 국제과학연구소를 탈출하는 것은 불가피한 일이었고 아시아에 서식하는 방개의 종수는 틀림없이 2,050여 종일 것이다. 장 언니와 혜주와 민규가 함께 그려내는 처연한 풍경은 나도 언젠가 그 속을 들여다본 적이 있다.

믿음에 대한 믿음. 어쩌면 우리는 그것을 확인하기 위해 글을 쓰고 읽는지 모른다.

─저 길 위에 이런 사람이 있었다, 나는 그와 스치듯 만났고 또 헤어졌다.

삶의 핍진함과 문학의 진실성은 작가와 독자 사이에 발생하는 믿음의 공동체, 상상의 공동체 속에서 마침내 합치한다. 나는 소설 속에 그려진 모든 이야기가 모두 사실이라고 믿기 위해 소설을 읽는다. 길은 언제나 또 다른 길로 이어지듯, 문학은 문학을 신뢰해야 한다.

5. 길을 가려면 길을 견뎌야 한다

2020년. 우리를 불안과 우울 속에 가두고 있는 코로나 사태에서 볼 수 있듯이 모든 존재들은 서로 상관관계를 갖고 있다. 내 친지의 건강을 염려하듯 우리는 태국과 아프리카의 코로나 상황을 염려한다. 중국, 한국, 미국이 얼마나 복잡하게 뒤엉켜 있는지도 이번에 보다 확실히 알게 됐다. 코로나 사태로 인해 촉발된 문제는 방역과 보건 분야에 국한되지 않고 정치, 외교, 경제, 국방과 전 지구적 생태계까지 분야를 가리지 않고 드러난다. 그야말로 세상은 초연결시대다.

이렇게 복잡하게 얽힌 관계에서는 하나의 구성 요소가 무너지면 금세 전체가 도미노처럼 붕괴된다는 것도 우리는 재삼 확인했다. 독립된 자율성과 그 자립을 기반으로 하는 연대만이 우리가 이 시기를 통과하는 유일한 방식일 것이다.

코로나 시대, 김완준 형의 소설이 출간되는 것은 우연한 일인가, 문득 그런 생각을 하게 된다. 난 이 소설집에 등장하는 인물들의 행로와 고군분투를 눈물겹게 읽었다. 모두 자립하기 위해 애를 쓰는 인물이다. 무너지거나 물러나거나 애증의 소용돌이 속에 휘말려 들었지만 이 소설집의 인물들은 모두 자신의 존엄을 지키기 위해 안간힘을 쓴다.

누구도 아닌, 내가 나를 일으키는 것이 자립. 나는 나로서 일어선다.

관광객들 앞에서 불춤을 추던 소녀 쏨은 이제 남편이 잃은 채 그녀 자신을 위해 불춤을 춘다(「열대의 낙원」). 겨울을 건너기 위해서는 겨울 속에서 견뎌야 한다는 것을 아는 시인은 오롯이 글쓰기로 자립을 꿈꾼다(「겨울 시인」). 한 개인이 무너지지 않아야 그 사회도 지탱이 된다는 것을 생각하면 자립은 공동체 유지의 가장 핵심적인 요소다. 김완준 형의 이번 소설집은 나를 둘러싼 세상, 세상과의 관계 그리고 자립의 힘에 대해 더 깊이 생각하게 작품들로 채워져 있다.

문학은 우리에게 무엇인가? 무엇을 할 수 있는가? 허황한 논의만 무성한 가운데, 이렇게 꾸준히 꿋꿋이 글을 쓰며 걸어온 이가 지금 우리 곁에 와서, 함께 길을 걷자, 손길을 내민다.

길을 걷는 동안 얻게 된 외로움과 슬픔과 고통을 모두 배낭 깊은 곳에 차곡차곡 쟁여서 멀리까지 걸어온 여행자이다. 여행은 여행으로 완성되고 문학은 문학일 때 자립한다는 것을 입증하기 위해 걸어온 것이다.

작가가 걸어온 길과 독자 앞에 놓인 길이 크게 다를 리 없다. 우리는 지금 어디로 흘러가는가, 시대의 격랑을 어떻게 견디는가, 어떻게 한 발 한 발 앞으로 걸어가는가?

이제, 독자가 응답할 시간이다.

김완준 소설집
열대의 낙원

1판 1쇄 찍은 날 2020년 10월 12일
1판 1쇄 펴낸 날 2020년 10월 19일
지은이 김완순
펴낸곳 모악

출판등록 2016년 1월 21일 제2016-000004호
주소 전북 전주시 덕진구 기린대로 418 전북일보사 6층 (우)54931
전화 063-276-8601
팩스 063-276-8602
이메일 moakbooks@daum.net

ISBN 979-11-88071-28-9 03810

* 이 도서의 국립중앙도서관 출판예정도서목록(CIP)은 서지정보유통지원시스템 홈페이지
  (http://seoji.nl.go.kr)와 국가자료종합목록 구축시스템(http://kolis-net.nl.go.kr)에서
  이용하실 수 있습니다.(CIP제어번호: CIP2020041097)
* 이 도서의 내용을 재사용하려면 모악의 서면 동의를 받아야 합니다.
* 이 도서는 한국출판문화산업진흥원의 '2020년 출판콘텐츠 창작 지원 사업'의 일환으로
  국민체육진흥기금을 지원받아 제작되었습니다.

값 13,000원